AQUARIUS

AQUARIUS

AQUARIUS

AQUARIUS

Enjoy是欣賞、享受，
以及樂在其中的一種生活態度。

小 小 小 生 活

袖珍，貓，致消逝的年代與記憶

袖珍手藝家 **西樹**————著

前　言

。。。。

　　許多人是偶然才發現，原來，最美好的時光，是和爺爺奶奶，或者
外公外婆在一起的日子。

　　「那時候，歡樂好像比現在要持久。」微博上的朋友給我留言。看
著袖珍，童年彷彿回來了，又欣喜又傷感。

　　「院子裡的木香花，遮滿了半個院子，夏天陣陣飄香。但是每次從
下面經過都要很小心，毛毛蟲會時不時掉下來。奶奶還給我做了花瓣
枕頭，整整一年都是夏天的味道⋯⋯」

　　「最喜歡幫外公燒土灶，可是外公現在已經不在了，這次清明一定
要回去給外公上墳。」

　　「想到了外婆家的小院子，記憶裡的花貓，角落裡的殘花，院牆上
結的滿滿的佛手柑，有些破舊的灶台，以及在泡桐下做著針線活兒乘
涼的外婆，微風吹過，那是最美好的時光。」

　　這本書說的，就是我和這些朋友的故事，這是我做袖珍最大的收
穫，他們看到了我的內心。我漸漸明白，我做的都是我懷念的，只是
一開始，我自己沒有留意到。

　　我做袖珍，跟養貓一樣，純屬意外。二〇〇八年春天去香港旅遊，

出發前，在網上做攻略，突然發現了小小的袖珍世界。一個馬來西亞女生製作的ZAKKA風小店，面積跟一本雜誌差不多，放在青草地上拍照，陽光斜斜灑入。很奇妙，突然之間，我覺得自己變大了。

終於有一天，我動手做起來，很快確信這是我最喜歡做的事情，就把工作辭了。

爸媽都擔心。這東西能養活自己嗎？我沒法回答他們。老媽常勸我，找個正經工作吧。我聽她絮叨，左耳進，右耳出。慢慢地，我去許多城市參展，接受很多採訪，她開始接受了。

我很高興自己當初沒想太多。沒工具，就拿家裡現成的老剪刀、鉗子和鋸子，有一次甚至用上了舊菜刀。買不到材料，就用裝修剩下的邊角料和碎布、軟陶；找不到老師，我就慢慢觀察。日常生活看起來瑣瑣碎碎，其實，什麼問題都有答案。

媽媽偶爾來工作室，問我，有什麼好玩的？我找出黏土和軟陶，老媽玩得很開心。她用黏土做了一堆家鄉小吃。我用陶泥慢慢塑形，製作袖珍器皿。老媽拿我給她的軟陶開始製作小盤子。她戴上眼鏡，一邊想一邊揉軟陶。軟陶盤子出爐了，我嚇了一跳，老媽的盤子色彩鮮豔大膽，真是太「野獸派」了！

廣州電視台的訪談，我發給老媽看，她很高興，「不錯不錯，你頭腦像我。」我偷偷笑。節目裡，我告訴主持人，老媽以前總說我從小就是個笨孩子。

我讓老媽看中央電視台拍的紀錄片，她問我，你怎麼這麼嚴肅？她不知道，拍攝特別辛苦，我累得笑不出。導演採訪我的時候，聊起袖珍創作，我說，父母是我最好的老師。

我記得，很小的時候，荔枝的核有手指頭大。媽媽用小刀把荔枝核雕成小水桶給我玩。爸爸喜歡園藝，他為我在小貝殼裡種上小多肉，做成迷你盆栽。這大概是袖珍在我心裡最早的種子。

做袖珍後，我常常向父母請教，以前的竹椅子是怎麼做的？老房子裡鋪地的青磚有多厚呢？他們總是認真幫我找答案，有時候，他們記不清，就去幫我拍照，或者請教街坊九十多歲的老奶奶。還有的時候，老爸和老媽答案不同，在電話那頭爭辯起來──為八十年代衣櫃的樣式，為老式凳子的榫接結構。我在電話這頭，又感動又好笑。

家裡的老房子打算清理舊物，媽媽發來照片問我：「奶奶留下的舊木箱，你要嗎？還有這個玻璃盤，是我結婚時用來裝茶水招待客人的。」我忙不迭地說，都留下來！

因為袖珍，我認識了許多天南海北的朋友，每到一個城市，當地的朋友都說，一定要見見啊。他們帶我去找古老的市井，那裡的房子和人，還有日常使用的家什，雖然日久年深，卻沒有被包裝成文物供人觀賞，他們依然是衣食住行，依然是柴米油鹽，生活還在繼續。

寫書稿的大半年，社區裡的野貓大白幾乎天天待在我家門口，畏畏縮縮地往裡張望。等書寫完，大白就躺進客廳睡覺了。

大白很剽悍，第一次來我們家，就劈頭蓋臉把小魚兒揍了一頓，留下目瞪口呆的我們揚長而去。有段時間，大白腳受了傷，我每天在屋外放貓糧和水，想辦法把大白誘進貓籠，帶去看醫生。慢慢地，大白開始不拿自己當外貓，每天一早就來等工作室開門。

大白在門口一躺，莫愁和小魚兒便不敢輕易偷溜出去。我叫大白

「看貓的貓」。

一天早晨，大白從灌木叢叼回一隻雛鳥。我趕緊摁住牠，很幸運，大白鬆開了嘴，小鳥沒受傷。我在微博向小夥伴求援，大家各出主意，有的說要先養著，有的說要送回鳥窩，還有的朋友提醒不能用手碰，說留下人類的氣味大鳥就不要小鳥了。我正研究，小助手已經把鳥放上了樹枝。

我們躲在玻璃窗後看，沒過一會兒，大鳥真的飛回來了。

「不光是媽媽，七大姑八大姨都來了！」小助手說。大鳥們圍著雛鳥嘰嘰喳喳，好不熱鬧。

「最近別讓大白在外面了。」

我轉頭看大白，牠躺在工作台下的紙箱裡，四仰八叉，睡得正香。我想，莫愁、小魚兒，加上大白，我就有三位袖珍模特兒了。

目

錄

目

●

錄

第五章　很高興你們這麼幸福

第六章　　*欣於所遇，暫得於己*

在佛光山，和法師們聊起植物，一位法師說，花代表無常。
我沒有讀過佛經，不過，花開葉落，總讓我歡喜感動。

第一章

本跨頁圖作品《午後》為真實物件的1728分之一。

師兄，這是散場

相 見 已 過 千 山

　　弘一法師的藤箱，放在紀念館裡，已經破成兩半。我查了民國時期藤箱的照片，把它復原。當時電視裡正播出民國劇《紅娘子》，毛阿敏唱的片尾曲，每次聽到「相見已過千山，轉身已是萬年」，就會想起渡口，或者車站，有人拎著藤箱，久久望向來處。弘一法師留下的作品，流傳最廣的是〈送別〉，不過，那是「長亭外，古道邊」。

　　看著法師的遺物，回想他的一生，我開始創作《寮房》。

　　法師留下一把陽傘，還很完好，是那個年代少見的樣式。那是法師年輕的時候，母親送給他的。我想像著，法師每次打開收起這把傘，是怎樣地小心。

　　弘一法師會寫信託徒弟代購生活用品，從曼陀林的琴弦到衣服、蚊帳。

　　我想像著法師的日常生活：兩條舊板凳，幾片木板，搭起一張床。蚊帳打著補丁，眼鏡盒斑駁陳舊，眼鏡梁上纏著舊布條。喝水時用來濾蟲的水瀱色澤暗沉，口沿處縫在篾條上的線已經脫落一半。

　　我做的蚊帳，朋友疑惑，「是不是太硬了一點？」

　　我說：「這是民國時代窮人家的蚊帳，當時是這樣的。」

其實，我打電話問過老媽，她去請教街坊九十多歲的老奶奶，順便帶回一小塊老奶奶年輕時做蚊帳用的料子，那是一塊麻布，比我小時候的蚊帳粗糙很多。我用最細薄的紗布縫製蚊帳，正好是那個時代的粗糙。

剛開始製作《寮房》，兩隻小女貓才半歲，當時她們的弟弟小黃黃也在露台上，三隻貓都很好奇。

我做好床，用細竹子搭了蚊帳，莫愁和超風都過來看，輪流用鼻子碰竹竿。蚊帳的掛鉤，我回憶奶奶用過的，用細銅線打磨了一對。床上的枕頭，是爺爺睡過的樣式。

黑色臉盆架放在露台上拍照，小黃黃走過來左看右看。太陽要下山了，臉盆架和老銅盆鍍上了一層金色，我想起小

本篇作品為真實物件的1728分之一。

時候的夏天，奶奶在天井裡洗頭髮，臉盆架上放一盆中藥似的水，那是用榨完茶籽油的茶籽餅燒的，冒著騰騰熱氣。

我把袖珍桌椅放在花園椅上，莫愁走過來，腦袋直湊到桌前。下午，牠們常在工作台上打盹，挨著我製作的袖珍家具，沐浴在金色陽光裡。

《寮房》我製作了兩次。第一次，是日本一家籌建中的博物館訂製

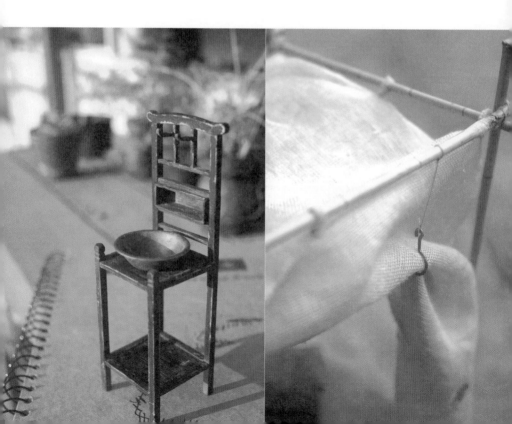

的。接到台北佛光山的展覽邀請後,我想起,這也許是佛家的因緣,就又重新做了一遍。

二〇一三年的最後一天,我在台北佛光緣美術館布展。

「那盞燈要是會亮就好了。」策展人卡門有一點遺憾。

《寮房》的風燈本來是會亮的,第一次的製作,我藏了袖珍燈泡在裡面。但這次,我放進一支極小的蠟燭。

我給卡門看《寮房》裡的陶瓷筆洗，「靠近一點，再靠近一點。」終於，卡門看到了我燒出的冰裂紋，「這是真的嗎？怎麼做到的？」

　　上一次，釉色用模型顏料模擬，冰裂紋是畫出來的。這一次，我特地去了景德鎮，回來燒了真正的陶瓷，失敗了很多次後，把冰裂紋也縮成了袖珍。

　　沒有觀眾看得清冰裂紋，我燒得太細了，光線明亮的時候，也要湊得極近才能發現。不過我很安心，就像我知道，風燈裡的蠟燭是可以點亮的，雖然只有一瞬。

　　在佛光山，和法師們聊起植物，一位法師說，花代表無常。我沒有讀過佛經，不過，花開葉落，總讓我歡喜感動。

　　我在剛布置好的《寮房》裡，加了一片小小落葉。

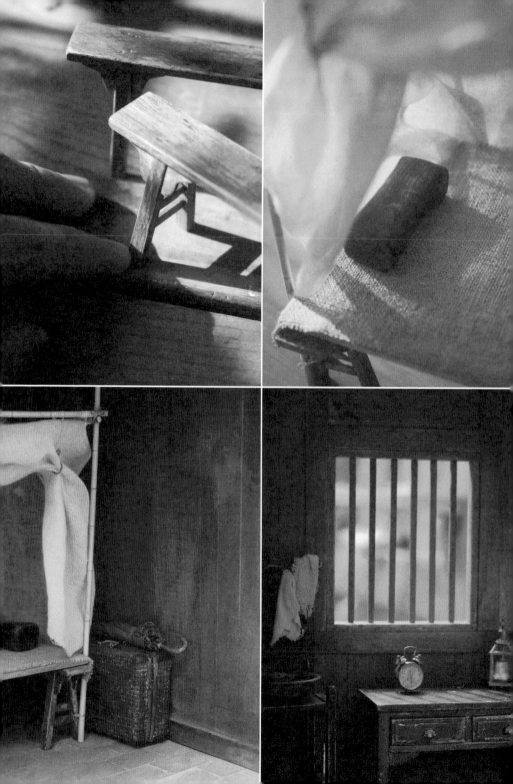

師 兄 ， 這 是 散 場

　　我的《霸王別姬》，戲台主體是榫接的，梁柱藏在戲台下，每次布展都得搭一遍。四個盒子裡，藏著鑼鼓板凳、茶壺寶劍、盛代元音……一件件取出來。

　　每次布展，我都落在最後，搭好戲台，台上兩盞燈亮起，一股難以遏止的悲傷突然湧上來。一看四周，人早散了。

　　曲終人散，是我創作《霸王別姬》的意念。策展人卡門在香港媒體報導時，引用了當時我寫的作品介紹，現在看來，是有些刻意的文

本篇作品為真實物件的1728分之一。

字：「戲台總有下一場戲，但我就是喜歡上一場，已經散場，寂靜空曠，我開始幻聽：楚歌遠遠響起，虞姬已經拿定主意。」

我其實沒看過多少戲，二〇一三年，卡門建議我做《霸王別姬》戲台的時候，我努力回想小時候看過的戲。那是什麼故事呢？當時還小，台上咿咿呀呀一句也聽不懂，只記得偶爾轉頭，看見奶奶淚流滿面，我也跟著哭。

但電影《霸王別姬》我看了多遍。霸王和虞姬的命運，程蝶衣的命運，冷冷清清，散在華美絢爛的場景中。

當年看戲的觀眾，一波又一波，大概和我有相似的感慨，在讚歎歎息間紛紛離座，剩下空蕩蕩的戲台，虞姬的寶劍丟在台上，青光冷冷。台下，一排排長凳亂了陣腳。

在台北佛光山展覽時，好心的義工拿了一把長尺，橫豎比劃著，把七十幾條板凳擺得整整齊齊。副館長趕緊制止，「師兄，這是散場，觀眾席本來就是凌亂的。你怎麼把它們擺這麼整齊？」

「我以為被人碰亂了。」

義工滿頭白髮，認真的神情正變成不安，我趕緊說：「沒關係，我來重新布置吧，師兄辛苦了。」

四年前，《霸王別姬》在北京展覽，有位觀眾留言：「強迫症的人在現場很想把倒在地上的長凳扶起來，把瓜子殼打掃乾淨，可惜隔著玻璃！」

瓜子殼是用真的材料做的，把葵花籽殼薄薄地刮一層下來，切得極細；花生的紅衣，也用筆刀割到幾乎看不見。包點心的紙，拜託老爸找到古老的油紙和紅紙，粗糙一點的，就用最細的草紙。

每次布置到最後，指尖撚動，碎屑亂撒，一起布展的朋友說：
「哇，垃圾最重要了。」

　　《霸王別姬》，走了八個城市，每一幕，都有新插曲。

　　在北京，主辦方用很厚的鋼化玻璃罩保護作品，《霸王別姬》玻
璃罩最重，要六名壯漢才能勉強抬起。我在一旁看，捏著一把冷汗。
安放好，大家熱烈鼓掌，如釋重負。那次，我們的作品要換展位，半

夜，走道上燈光昏黃，四個壯漢抬著曲終人散的戲台慢慢前行，那一幕亦真亦幻，就像一場夢。

我也記得在台北布展，美術館把《霸王別姬》展台單獨刷成紅色，我拍的袖珍戲台照片被印得無比巨大，幕布似的掛在一旁做背景。從《霸王別姬》旁走過，忽然聽到咿咿呀呀的京劇唱腔，細細地不知從哪傳來。我正以為是幻聽，卻看到展台後放了一台小音響。原來，是

美術館的用心，在戲台後輕放梅蘭芳的虞姬唱段。

在東京，偶遇袖珍創作家一色美世子，我們語言不通，一開始交流很辛苦，我給她看《霸王別姬》照片，她立刻喜笑顏開，告訴我，這件作品她見過，她去大阪看過我們的展覽。

貴陽的展覽，主辦方安排我與觀眾交流，示範《霸王別姬》裡袖珍冰糖葫蘆的製作。我買到真的冰糖葫蘆，和袖珍版冰糖葫蘆一起插在桌面上。好多家長帶著小朋友看我製作。袖珍的冰糖葫蘆是用黏土做的，每一顆都比綠豆小得多，我把牙籤削到極細，小心地一顆顆串起來。有位小朋友一直擠在我身邊，示範快結束了，他指著真的冰糖葫蘆問：「叔叔，這個可以給我吃嗎？」

歲 月 忽 已 晚

「我有摸到那個湖邊的蘑菇。」

好友在我部落格上留言，她看到了袖珍花園椅旁，我做的幾朵小小蘑菇。我想起來，那一晚我們在湖邊散步，雨後青草地裡，也有蘑菇悄然生長。

篔簹湖（注：篔簹湖位於中國福建省廈門市思明區，目前是水面面積約為1.7平方公里的內湖。）很神奇，湖水跟隨潮汐漲落。我們走累了，就坐在路邊長椅上，對著湖波與夜空神遊。聽著湖水湧動，心裡一片寧靜。

好友回到了她的城市，我也開始創作新作品。那段時間，我和她都很喜歡一位日本創作者，他的作品總是呈現一個樸素角落，每一寸，都像把時光凝固。

試著做了袖珍花園椅，我一遍又一遍琢磨，想像著它日晒雨淋，漸漸老舊。最後，它真的變成了我想像中的樣子。好友說，嗯，有那個男人的感覺。

逛花市帶回的薄石板正好派上用場。我把石板敲碎，慢慢打磨，拼成一小段石板路。二十釐米，我花了三天。

我也做了一束玫瑰，每一朵差不多半顆綠豆大，淡淡的顏色，像

本篇作品為真實物件的1728分之一。

後來在露台上種的
「克萊爾文藝復興」
（注：Clair Renaissance，玫
瑰花的一種。）。

　但蘑菇比玫瑰受歡
迎。在紐西蘭留學的
朋友「貓仔」說，蘑
菇太可愛了，完全放
棄上課看你更新。

　「快來看，這裡還
有菸頭！」展櫃前的
女孩轉頭呼喚朋友，
聲音裡透著驚喜。她
的手指斜斜指著玻璃
罩，在我的袖珍作品
《那年夏天》裡，她
發現了兩個菸頭，粗
細不到一毫米。
　七年前的春節，它
在廈門文化藝術中心
展出，我發現，十個

觀眾當中，能看到菸頭的，最多只有一個。

「怎麼做啊，這麼小的菸頭！」她的朋友也忍不住驚歎。

我說：「慢慢做。」

的確很慢，這樣的菸頭，做了六七遍，一次比一次小，終於，放在裡面不再顯眼。我回想起等待的心情，把菸頭做成了被腳尖掐滅的樣子。

「原來不叫『寂寞的等待』啊。」有位姑娘來回看了好幾遍，她說，地上菸頭再多一些就好了。我忍不住笑起來，她的男友，應該耐心夠好吧。

我在微博分享圖片，有人問，這是在詮釋一場沒有開始就已結束的愛戀嗎？

其實，我也說不清楚。我喜歡另一位朋友的答案：歲月忽已晚。

葉 子 是 為 了 給 風 吹 落 的

　　「磚牆是這樣立起來的啊，好神奇。」好友惠月看我把《午後》的
紅磚牆輕輕卡入地台邊固定，她笑了起來。

　　每一次布展，我都比別人慢。那天在台北佛光緣美術館，惠月弄好
她的作品，過來看我布置。

　　「你的花盆都沒有黏住嗎？」

　　「是的，這樣可以變化，跟真的花園一樣。」我一邊用鑷子調整盆
栽位置，一邊回答她。

　　「葉子也沒有固定嗎？」惠月看到我夾起一片紅葉放在花園椅上。

我說，這幾片葉子，是風吹落的。

　　《午後》跟著我飛了好幾個城市，香港、北京、台北。每一次，我都要重新布置。前一站在北京，我加了個小小澆水壺，在香港展出，我加了一盆蘭花。

　　「圖四吧，都『親』上了。」微博上的朋友們猜莫愁最愛的小花園，有人說：「看見莫愁拱倒了一個小花盆，有點心驚膽戰。」

　　他們說的是《午後》裡的盆栽，去香港參展前，我補做了一盆袖珍

本篇作品為真實物件的1728分之一。

蘭花。拍照時，莫愁發現了，牠嗅了又嗅，最後乾脆用鼻子把花盆拱倒。莫愁在小花園旁一邊呼嚕一邊蹭，牠快一歲了，我第一次看見牠這麼開心。

　　我逐漸發現，莫愁很喜歡聞花。露台上的玫瑰和水仙花，牠聞了又聞。牠嗅玫瑰的照片，我在微博上分享，網友給牠留言——「心有猛虎，細嗅薔薇。」香草牠也喜歡，我把乾的香葉剪細了，一不留神，就被牠舔得精光。

　　不過，我一直納悶，《午後》是純粹的袖珍作品，植物是黏土和紙

製作的。為什麼莫愁也喜歡呢？

　　創作《午後》的時候，貓咪們還沒來，露台上只有花草和小蝴蝶相伴。秋天裡，露台上的爬牆虎開始掉葉了，我想起了多年前的鼓浪嶼。

　　十幾年前，鼓浪嶼遊客很少。第一次在島上閒逛，天空飄著微雨，午後街巷靜悄悄的，半枯的爬牆虎葉子從紅磚牆上飄落，聽得見葉落的聲音。

　　我開始做迷你磚，每塊厚四毫米，只有小手指頭那麼大，一塊一塊砌起來。鄰居家正在裝修，師傅們砌磚牆，速度比我快一倍。小朋友週末跟著大人來監工，在露台玩得很開心。我跟新鄰居打招呼，小朋友拿起師傅用的小錘，「我也來幫忙蓋房子吧。」他自告奮勇，要幫師傅們砌牆。他的媽媽忙不迭地喊：「不要亂動！今天真是讓你賺到了……」

　　我的露台花園，種了金邊虎尾蘭和金心吊蘭，都是普通花草。小時候我不喜歡虎尾蘭，二〇〇〇年在陽台種了一盆，發現它超級省心，的確也能淨化空氣。搬過幾次家，每次都帶著它。我試著用黏土製作袖珍虎尾蘭，做著做著，突然聞到一陣清香。我很納悶，茉莉和珠蘭的花期早過了，這也不是迷迭香的味道，露台上只有天門冬開著細碎小花，但它的牛奶糖香味要湊很近才聞得到。我在露台上到處嗅，突然發現，原來是「模特兒」開花了！種了十來年，我第一次知道虎尾蘭會開花。

　　我也做了天竺葵。奶奶家的後院圍牆上種著一棵桃樹和幾叢天竺

葵，老母雞特別喜歡在花叢中散步。鼓浪嶼上的人家也種天竺葵。島上居民喜歡花草，許多人家在窗台、牆角種花，陶盆、瓦盆、舊罐子、塑膠瓶……盛滿姹紫嫣紅。記憶中的天竺葵是紅色的，我把它「種」在手指頭大小的陶罐裡。

盆栽斷斷續續地製作，無花果、一葉蘭、虎尾蘭、金心吊蘭、矮牽牛、天竺葵……露台上的爬牆虎紅了又落了，我的磚牆也慢慢地改變。

露台上一盆「藍天堂」，當時還是小苗，我照著樣子用黏土做了袖珍版，拍完照第二天，它居然像真的植物一樣蔫了。我困惑了很久，到現在也沒找出答案。

《午後》一直在香港保存。去年春天，它終於回到了家，不過，它和莫愁相伴過的露台，已經在千里之外了。

我打開箱子，小心剝開層層保護，把盆栽和花園椅一件件取出來，重新布置莫愁最愛的小角落。這一次，我把磚牆和大部分盆栽都黏住了，但莫愁最喜歡的袖珍蘭花，我沒有黏。

我找到風吹落的紅葉，用鑷子夾著輕輕放在地台和椅子上，莫愁蹲在一邊，輕輕搖著尾巴。

忽然想起來，上次為《午後》拍照，我在露台上陪著莫愁坐了很久，好幾次，我看見牠的尾巴一掃，窗台上就飄下一片落葉。

不 能 被
人 類 發 現

　　我 做 的 第 一 個 微
花 園 完 成 不 久，家 裡
就 來 了 客 人。她 湊 近
看 這 個 小 小 的 花 園，
我 打 開 微 花 園 的 燈，
光 線 映 在 她 臉 上，我
更 覺 得 她 長 得 太 書 卷
氣 了。她 開 心 起 來：
「我 要 是 能 變 小 就 好
了，真 想 在 裡 面 喝
茶！」

　　我 遞 了 一 把 小 銅 壺
給 她，「你 是 微 花 園
的 第 一 個 客 人，讓 你

澆澆花吧。」

　小銅壺比手小多了。她伸出拇指和食指，指尖輕輕捏住銅壺把，探入微花園的陽台，「這些多肉都是真的嗎？」

　「都是真的，你要是進得去，就能泡桂花茶和迷迭香。」

　「我要澆花啦……奇怪，水怎麼出不來？」我接過銅壺，往壺裡吹了口氣，拎著壺把傾斜向前，壺嘴慢慢冒出來一滴微小水珠，水珠顫顫地黏在壺口，漸漸變大，終於滴了下來。

　「你記得艾莉緹他們一家喝茶嗎？那個茶壺倒出來的，就是這樣的。」

　艾莉緹是《借物少女艾莉緹》裡的角色，小小的人，住在我的微花園剛好。

　「『不能被人類發現，是我們生存的定律。』那些生活在人類周圍的小人們，恐怕還不知道，有人悄悄為他們製作了溫馨的廚房，可愛的花園，而這樣的世界，只有手提箱那麼大小。更為驚奇的是，裡面的多肉都是真實的。雖然小人們知道，多肉長大以後，這個微型花園恐怕都不夠大呀。」

　這是微博裡的朋友「設計目錄」看到我為艾莉緹製作微花

園後寫的。她看到的圖，有我的貓莫愁陪著多肉微盆栽，有黃銅小花壺，壺裡插著繁縷、星星草和凋謝的紫弦月。香港作家張心曼在微博上留言：「草堂春睡足，窗邊日遲遲。」這裡的「睡」，當然是說我家莫愁；牠躺的地方，夕陽餘暉暖暖地灑落。

第一次看宮崎駿作品，是《神隱少女》。印象最深的，不是湯婆婆的浴場、愛哭的巨嬰，或者各種神明鬼怪，而是千尋眼裡湧出大顆淚珠，火車駛過大海，琴聲淡淡，小夥伴們圍坐爐火邊低頭紡線。《天空之城》裡，小男孩的屋子破破的，在很高的地方，最頂層的小閣樓。男孩每天起來爬到屋頂餵鴿子，迎著陽光吹小號，然後準備早餐。

《借物少女艾莉緹》改編自英國兒童文學作家瑪麗‧諾頓發表於一九五三年的代表作《地板下的小矮人》。在某些鄉村地區，人類只要有東西忽然間不知去向，就會認為是迷你的小矮人借走了。這種可愛的誤會讓人產生了世界上存在小人族的想像。

創作微花園之前，我為《初夏的味道》製作過六支極細的紅胡桃木勺與刮刀。拍照那天，我把木勺放在左手指尖上，右手端著相機。一陣風吹過，指尖微微一抖，木勺滑落，恰好落入露台木甲板縫隙，再也找不到。還有幾次，做好的小花盆和小杯子不知怎麼就消失不見了，微博上的朋友們總會說：「哈，被小人借走了吧。」

以前，我只創作比例是十二分之一的袖珍場景，為了可以永久收

藏，有不少物件都必須用合成材質製作。《初夏的味道》中，廚房窗台上那枝粉色玫瑰，用了日本樹脂黏土，廚房裡打蛋的大碗，用了軟陶，表面處理成瓷器質感。看過《借物少女艾莉緹》後，我總幻想著有一天會遇見艾莉緹，可以送她一座小花園。我開始嘗試用各種真實材質製作微花園裡的一切。為了艾莉緹能呼吸到植物釋放的氧氣，我在露台上培養了許多一點點大的小多肉，還燒了一些迷你陶盆。天氣好的時候，我把培養多肉的淺木盒放在露台上晒太陽。放木盒的位置，就在我釘的花園長椅上。這也是鄰居小貓最喜歡待的地方，牠每天上午都在花園椅上伸展四肢，玩滾來滾去的遊戲。我晒多肉時，小咪會跳上花園椅，低頭輕嗅。我摸摸牠的腦袋，對牠說：「拜託你啦，幫我看著哈。」小咪半躺在花園椅上，看著我，輕輕搖幾下尾巴。一分鐘後，我再回頭看，牠已呼呼大睡。

鄰居小朋友在露台上騎兒童腳踏車，看到我跟小咪說話，他很是好奇，問：「小林叔叔你跟貓咪說什麼啊？」

「我叫小咪幫我看著，不要讓小鳥啄我的花。」

「那牠聽得懂嗎？」

「聽得懂的，你阿嬤也經常跟牠說話呀。」

鄰家阿姨的確經常跟小咪說話。當時小咪陷入三角戀。有一隻大白貓每晚穿簷走壁來向小咪求愛，鄰家老先生常常拿著棍棒衝出來驅趕。大白貓照樣在屋簷守候。小咪不喜歡大白貓，牠愛上了一隻文弱膽小的小花貓，每天翻牆去找牠。鄰家阿姨常常一邊泡茶，一邊勸小咪：「你不要老是去找小花貓，牠又不愛你，你怎麼老找牠？」

完成陽台微花園那天，我在露台上拍微花園夜景，大白貓突然從棚

頂跳下，肥胖的身體砸出一聲響。

那天小咪不在，我對大白貓說：「牠今天不在，你明天再來吧。」

白貓沒有離開，牠慢慢走近微花園，在半米之外的距離停下來。

「你喜歡嗎？要是看到小人族，一定要告訴他們這裡有小花園啊。」

白貓靜靜地看了很久，然後躍上木棚，消失在暮色中。

本篇作品為真實物件的1728分之一。

看著這些照片，突然就覺得暖和了，很像小時候住的外婆的房子，
其實東西是不像的——外婆怎麼會烤蛋糕呢？但味道好像哦……

第二章

本跨頁圖作品《初夏的味道》為真實物件的1728分之一。

廚房

山 寺 廚 房

「先炒完菜再說，鍋快著火了！」我打電話請老媽幫我量灶台高度，老媽很著急。

我也讓老爸幫我看更舊的廚房，他發來照片，灶台抹著水泥，灰撲撲的。「更老的，就要去東門老宅那邊看了。」

老爸說的東門老宅，每次回家我都去看。拆得差不多了，斷壁頹垣間冒出小塊菜地。很多屋子只剩下梁柱，廳堂裡長出一人高的蓬草。有時候，我小心走到廚房，那裡的青磚灶台大多還在，破碎的，完整的，灶膛裡還有爐灰。

聽我問起二十多年前的廚房，老爸很高興，「我們家就是二十多年的，鋪了瓷磚，很好看。」

我說：「這太新了，而且山裡寺院的廚房，不會這麼講究。」

其實，拜託我的法師也拍了照片給我參考，是真正的寺院廚房，不過，還是太新。我依稀記得，小時候跟奶奶去過寺廟，師父們生活清簡，自己種菜，房舍很樸素。

我推測著，做了粗糙的水泥地面和白灰牆，黃漆木窗帶著老式鐵插銷。有時候，透過小小窗戶，我看見莫愁在空廚房裡睡著了，小綿爪

西树
2013.0

本篇作品為真實物件的1728分之一。

抱著腦袋。我呼喚牠的名字，莫愁繼續抱頭大睡，尾尖卻抖動起來。

　　老爸說，二十多年前的廚房比較簡單，很多人家都把煙囪砌在外牆。我也這樣做了，灶台緊貼牆壁的位置，我留了排煙孔。灶台裡面，前後鍋之間留了火苗串通的孔洞。灶膛裡，有真的爐灰、燒剩的柴火。

　　有關舊廚房的記憶和想像，不容易捕捉。飯後散步，有時候靈光一

閃，趕快回頭。廚房裡的兩口鐵鍋，想了很久，最後是在沃爾瑪閒逛的時候找到了答案。我把鐵鍋放在葡萄盆栽裡拍照，那裡滿是青苔野草，我加了一只袖珍舊板凳，看起來真像小時候爺爺在後院刮鍋灰。

　　十月底，貓咪們快七個月了，我掙扎了好久，終於帶莫愁和超風去做微創絕育手術。我在露台放了柔軟墊子，白天牠們倆就待在墊子

上，蓋著浴巾，鄰居小朋友看見了，笑個不停。超風戴著伊莉莎白項圈，小朋友說這是「檯燈貓」。小黃黃每次走過來，也要好奇地盯著超風看半天，然後默默把放在旁邊的貓糧吃個精光。

　　山寺廚房裡，水槽、菜刀、砧板、木桌、搪瓷盆……廚具慢慢齊全了。我做了一筐袖珍馬鈴薯，每顆像青豌豆那麼大，放在葡萄盆栽裡拍照。超風戴著「檯燈罩」走過來，低頭聞聞「馬鈴薯」，發現不是貓糧，立刻躍上花架，瞬間擺出女俠姿態凝望遠方。我改找莫愁當模特兒，馬鈴薯和砧板、菜刀一起放在桌上，牠穿著醫生給牠做的紗布衣服，肥肥的身子倚靠著花園椅，活像一個慵懶廚娘。

　　我做了竹蒸墊、竹刷還有奶奶蒸米飯的飯甑。灶台邊的柴火，是把細樹枝一根根劈開後堆起來的。調料架上要放一小袋香葉，我把真的香葉剪成極細小的葉子，莫愁走過來，嗅了嗅，伸出小舌頭把小葉子舔得精光。

　　我開始為廚房「煮菜」，新來的小助手自告奮勇，「有什麼我可以幫忙的嗎？」

　　我說：「切『馬鈴薯』絲吧。」

　　小助手很興奮，「以前在學校切馬鈴薯片觀察細胞壁，我可是全班切得最細的，老師還讓我到其他班示範！」

　　我給了他幾顆我做的黏土袖珍馬鈴薯，他果然切得很好，每一絲都細如棉線。

　　十二月，春天種下的朧月鍍上了一層淺赭色，蛇莓結出紅寶石小果子，紫弦月每天綻放金燦燦的小黃花，天竺葵、黃玫瑰、假馬齒莧都開花了，花草腳下不時冒出紫花地丁，像一群袖珍蝴蝶棲落。

　　那時候，莫愁和超風的兄弟都還在，最膽小的老大黑貝、最沉默的小黃黃，牠們都會從鄰家過來玩。黑貝還不到八個月，已經十幾斤重，圓乎乎的。四隻貓咪聚在露台上，追逐搗蛋，享受著牠們的黃金時代。

　　那也是我的黃金時代，雖然那時候我常常當自己是山中老僧，在煙薰火燎中瞇著雙眼。

等 到 山 中 白 梅 盛 開

寺廟的廚房，是不是和民間一樣供著灶君呢？我創作《山寺廚房》的時候，有些疑問，請教武夷山的草木君。

她說：「明天進山看看吧。」

她去了規模比較大的天心禪寺，已經翻新。「要去小而古老的寺廟。」她說。就去了白雲寺，幫我找到答案。

今年春節，草木君帶我去看了這間廚房，看灶台柴火鍋碗瓢盆，和《山寺廚房》一一印證。

草木君是透過微博認識的朋友，她住在武夷山邊，經常上山看雲喝茶，拜訪僧道。沿途拍照，青山白雲，山花滿枝。每年山中白梅盛開，我總是想，該去拜訪草木君了。

草木君帶我去了慧苑寺。很小的寺廟，木構山門，門內一小塊空地，抬頭就是主殿，旁邊幾間寮房。主殿後，有一片菜園和空地，再往後是幾間泥瓦房，兩隻小狗在泥地上玩得正歡。看到我們，小狗顛顛地跑過來，聞我們的褲腳，起勁地搖動小屁股。

泥瓦房最左邊半間敞開，是廟裡的廚房。灶台前，有個阿姨低著頭

燒柴火。我聽到貓咪的細微叫聲，四下看，發現後面灶台上有幾隻貓正低頭吃飯。

我跟貓咪打招呼，阿姨有點不高興，「看什麼啦，貓也要吃飯。」

草木君是這裡的常客，她和廟裡師父打招呼，「師父，新年好！」

師父抬起頭，笑笑地說：「你來又沒什麼事，下回不接你電話。」

寺院旁長著幾棵梅花，謝了大半。草木君說忘記帶茶葉了，就喝山泉水吧。

她燒了一壺水，我們坐在簷下，用很小的白瓷杯喝水。山泉水有淡淡的清甜，聞著梅花香，心裡安靜極了。

早晨五點，我們出發去白雲寺。山路很黑，用手機照著慢慢走，一路草木清香。

六年前用黏土製作的袖珍梅花盆景，為真實物件的1728分之一。

　　走到有點喘的時候，草木君指著山上，「亮燈那裡就是白雲寺。」

　　白雲寺依崖而建，靠著懸崖幾間樓閣，除了屋頂，與尋常農家差不多。草木君直接帶我進了廚房。

　　廟宇一旦香火鼎盛，總是各種翻修，很少能保持昔日模樣，這裡的廚房卻仍和我想像中一樣簡陋。看著灶台和廚房裡各種舊式炊具，心裡有一種說不出的感覺，又似歡喜又似難過。

　　創作《山寺廚房》之前，我從沒到過這樣的廚房。寺院也是煙火人間，我猜想，廚房應該與民家大體相似。因此，很多時候，我也參考兒時家裡廚房場景。打電話向爸媽請教，他們在電話裡耐心描述，拍了照片託人發郵件給我，還寄來舊時器物供我參考。

　　這裡的廚房灶台，跟我的《山寺廚房》一樣，貼著白色小塊瓷磚。

灶台前也是小板凳、劈柴刀、火鉗、灰鏟與散亂的木柴樹枝。大鐵鍋，木製鍋蓋，鍋鏟，飯甑，幾乎一模一樣。廚房裡都有簡單木桌，煮好的菜就放在這裡。裝菜的搪瓷盆，果然都是蛋殼青色。

廚房可能是我小時候最熟悉的地方，爺爺奶奶每天在廚房忙，我有時候也幫忙燒火，或者把柴火堆整齊。回憶是很奇妙的東西，消失了二十多年的廚房，腦海裡只有溫暖模糊的影子，看不清細節。但一旦被某個東西激發，一切卻彷似在眼前，爐火的溫度籠罩著身體，一伸手彷彿就能握住烏黑發亮的火鉗。爺爺的劈柴刀木柄泛著暗沉油光，奶奶裝米湯的陶盆是淡醬色的。

在廚房裡待著，忘記了時間。幾聲雲板響起，師父們都來吃早飯了。

女 俠 ， 祝 千 杯 不 醉

「給門牌號碼就行。我從小闖蕩江湖，找路肯定沒問題。」婭綺就這樣直接從馬來西亞飛到廈門找我。

闖蕩江湖？我很驚訝。心裡嘀咕：「年輕姑娘為什麼這麼說話？之前聊天一直很斯文。」

半年前，和婭綺通過一次話，我們聊了好久。

「過兩天要出國，可能半年到一年才回來，一定要讓我收藏這件作品，千萬別答應別人。」

婭綺想收藏我的作品《初夏的味道》。她說，雖然是歐式鄉村廚房，卻有「說不出的熟悉與溫暖」。婭綺大部分時間住在杭州，她的房子很舊，可以看到很美的風景。

婭綺見識很廣，我很好奇她學的是什麼專業。

「你猜猜看。」

「是和設計有關的嗎？」

我猜了幾次沒猜對。她好像有一點兒羞澀。

婭綺很漂亮，身材苗條，說話從容不迫，有一種特別的味道。那天下午，她用支付寶轉錢給我，手機操作不方便，借用我的電腦登錄。

本篇作品為真實物件的1728分之一。

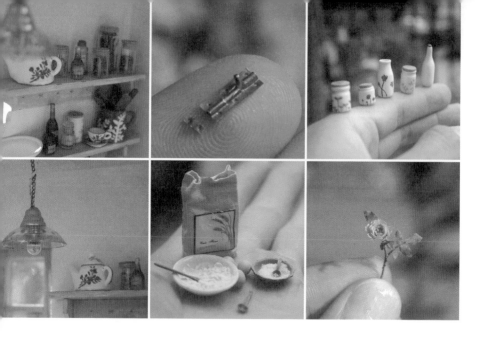

　　婭綺邊弄電腦邊和我聊天，突然，她轉頭對我呵呵一笑。「你迴避一下，我要輸密碼了。」

　　她走的時候已經是晚上十一點鐘了。我打算送她去酒店。

　　「不用送了，我自己下去就行。」

　　「這麼晚了，萬一碰到壞人怎麼辦？」

　　她笑了起來，「壞人我不怕。」

　　「那就叫個車回去吧。」

　　因為我的堅持，婭綺和我一起在街邊等計程車。計程車很少，終於來了一輛，我正想過去開車門，一個中年男子搖晃著衝過來，擋在了車門前。他看起來像喝多了，一邊嘟囔一邊拉車門，回頭挑釁地看了我們一眼。

　　婭綺紋絲不動，只專注地盯著男子，似乎在判斷對方是不是真醉，她的眼神很冷靜。

　　「我們等下一輛吧。」她的聲音沒有絲毫不悅。

不久，我招手攔下一輛計程車，讓婭綺上車。

「酒店真的很近，其實不用坐車啦。」

我說：「要不我送你回去？」

她欲言又止，「我還是坐吧。」

婭綺回去後，有一次，我偶然翻看她的微博，看到她的加V認證，不禁笑起來──

「二〇〇五世界武術錦標賽女子南拳冠軍毛婭綺。」

　　一年後看《一代宗師》，章子怡飾演的宮二出場，竟覺似曾相識。婭綺等計程車那一晚，醉漢搶車時，她的眼神和宮二幾乎一模一樣。

　　婭綺偶爾給我發來短片，她在雪中舞劍，花瓣從空中飄落。

　　春天裡，我寄了個高腳酒杯給她。酒杯很小，高度不過十幾毫米。婭綺在朋友圈發了照片，我仔細一看，那是她的拳頭，酒杯穩穩停在虎口邊。我給她留言：「女俠，祝千杯不醉！」婭綺把酒杯放在了《初夏的味道》裡。

　　婭綺曾經問我，「為什麼做老式的歐式廚房呢？」

　　我說：「因為那段時間看了電影《美味關係》。」

　　《美味關係》的故事是真的，裡面古老的巴黎廚房，還有露天菜市場，我都很喜歡，還有梅莉・史翠普飾演的茱莉亞・柴爾德。導演諾拉・艾芙蓉說：「史翠普一到拍攝現場，你就感覺不到她是在拍戲，

她一下子變成了另外一個人，在攝影機面前過上了另外一種人生，那種感覺很奇特，好像她掌握了茱莉亞的所有祕密。」

我開始做廚房，有時候會想起茱莉亞寫的《掌握法國菜的烹飪藝術》，她的「紅酒燉牛肉」，還有「香橙巴伐利亞布丁」。不過，我並沒有去還原電影中的廚房。

這一次，我用了十二分力氣製作所有細節。鉸鏈與插銷、馬賽克瓷磚、窗台上半開的粉玫瑰和一小杯酒、撒落檯面的麵粉、木刮刀與木勺、水龍頭下掛著一顆水珠⋯⋯

電影裡，幾十年前的巴黎餐館，用一種長條狀砧板盛乳酪和葡萄，我覺得很有趣，做了袖珍版，發在部落格上向大家請教它的名字。英國的Olianna告訴我，這叫乳酪砧板，一般上乳酪時會在上面放上幾種不同種類的乳酪，有時也放葡萄，既好看又好吃。另一位朋友說，安

(Saint-Saëns) 3:39

st Night of The World 2:50

J. S. Bach) 2:53 (Bou... ...berg

our une infante defunte (Ravel)

he Clowns (Sondheim) 2:55

de la Alhambra (Tarrega)

rom "Tha... 4:1

rnival 5:3

neath

r) :49

No. 2:32

No.4 6:50

monican Strings and Piano

figlio Harm

NG Music. By

tributed und

ic. All righ

ng i prohibited

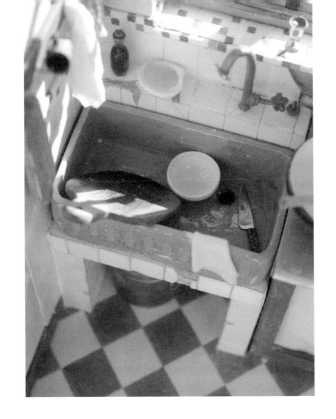

徽的毛豆腐就是用這種板子壓製的。

袖珍打蛋器試了好多次。我參照自己烤蛋糕用的打蛋器，用上木頭、不鏽鋼管和硬鋼絲，都是極細的尺寸。夾著鋼絲，顫巍巍地插入鋼管空隙，手一抖，鋼絲彈起，如鴻飛冥冥，再也找不到了。

留學英國的朋友李由說：「看著這些照片，突然就覺得暖和了，很像小時候住的外婆的房子，其實東西是不像的，外婆怎麼會烤蛋糕呢？但味道好像哦，最感人的是那些缺了一角的瓷磚，看了都讓人心裡酸酸的，覺得小時候又回來了。」

我很感動，她和婭綺都看出來了。我做各式各樣的廚房，我在等著終於有一天，能做出小時候奶奶的廚房。

泥 龍 竹 馬 眼 前 情

攝影棚突然安靜下來。

十幾個扛著燈具和攝影機的男人，輕輕地、慢慢地呼喚起來：

「Kitty，來一個。Kitty，來一個……」

「Kitty，Kitty，Kitty……」

那天一開始，Kitty緊張得不敢動彈。我不斷告訴棚裡的每個人：「貓很怕聲響，大家盡量小聲。」

拍攝重複了十幾遍，Kitty終於動了，牠背對著鏡頭，一溜煙跑了。

這是我人生中第一次拍廣告。陳碩導演說：「攝影棚這麼嘈雜，你怎麼能這麼平靜？」其實，Kitty拍攝的時候我很緊張，我擔心Kitty受驚跑丟，回不了家。

Kitty是三花貓，跟莫愁很像。去北京拍攝前，陳導問：「可以帶你的貓來嗎？」我帶不了莫愁，沒想到道具老師居然找到了替身。

九月上旬，和陳導第一次見面。他清早從上海出發，下午一點多到了我的工作室。那天我們一直討論到晚上。我端出一大盤袖珍物件，陳導看得興味盎然。他拍了幾張照，發到朋友圈，說測試一下有多少

人喜歡。很快,他收到朋友發來的詢問:在哪家店,地址發給我。

我們到鎮上吃晚飯,找了一家用山泉水煮竹園雞的店。上次優酷來拍紀錄片,劇組去那吃了好幾次,阿謬導演一直念念不忘。

我們邊吃邊聊,聊《舌尖上的中國》、各地美食、《香料共和國》、小肥羊創意廣告、《刺客聶隱娘》《一一》、安東尼奧尼……陳導曾經拍過《舌尖上的中國》第二季中的〈相逢〉。我還記得〈相逢〉裡的鏡頭,在疾馳的列車上,退休回鄉的上海女知青笑著說:「我從出了校門,就到了新疆,我整個這一生,成長、發光的地方就是在新疆。」

陳導原本在四川大學念哲學,後來去了法國學電影。我在《人民日報》官方微博上看過他為小肥羊拍的創意廣告〈138種食材的奇妙旅行〉,食物與山川雲海融匯,難分彼此。〈相逢〉卻很樸實。他說:「歷史自然有它的厚重,不需要刻意去表現。拍到後來,那些長者出現,我心裡就踏實了。」

第二天一早,我和助手到鎮上買菜,陳導也早起跟我們一塊坐公車。村鎮的菜市場,比城裡的大很多,散發著果蔬和泥土氣息,陳導逛得很開心,不時停下來拍照。

「我拍舌尖,還有小肥羊那支廣告,都做了很多調查,到菜市場看各種菜。」

他拿出手機隨手拍了幾張,「你看這筍在鏡頭裡多好看!」路過賣葛根的攤子,他停下腳步,「當時拍小肥羊影片,開始沒找到適合的食材,後來在菜市場找到這個,覺得特別合適,做山崖很像。」

看到一種果子,形狀比藍莓略長,顏色像玫瑰乾花,長著極細的絨

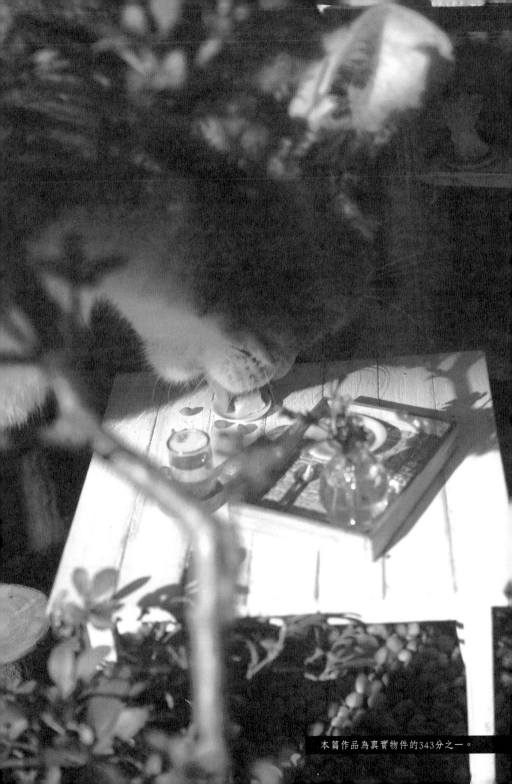

本篇作品為真實物件的343分之一。

毛。我們很好奇，跟賣果子的阿姨問了半天，可惜聽不懂方言。陳導發了圖，很快有了答案，那是山稔子，廣東初秋山裡的野果。

回上海那天，陳導帶了些山稔子。第二天，我看到他在朋友圈裡發了山稔子，並配文：「朋友一再謝我，弄得我有點兒不好意思，僅僅是順手帶了一些小果子，只是因為這位朋友是廣東人，這個果子承載了她的情感和記憶，這大概就是阿城說的『思鄉蛋白酶』。」

我和陳導商定，國慶到北京，在謝霆鋒拍《十二道鋒味》的廚房裡拍攝。我和助手忙了二十來天，終於做出了「鋒味廚房」裡前方「L」形的袖珍版中島式操作台，以及可以真實使用的袖珍廚房器具。

夜裡，我經常去逛鎮上唯一的大超市，看到不同食材，腦子裡常常浮現各種畫面。以前在廈門玩微花店，有一次在袖珍瓷盤裡裝了起司蛋糕，小手指頭那麼大，莫愁聞到香味，小舌頭一捲，就舔沒了。真可愛，很想多做幾道袖珍美食，可惜，一直都太忙。這次卡薩帝找到我和陳導，正好可以盡興玩一回。

　　雖然好玩，做起來卻很難。陳導想拍的，並不是網上流傳的日本迷你廚房那種扮家家酒的感覺，而是需要精準比例，沒有參照物時可以騙倒觀眾。為了煎迷你牛排，我在麥德龍（注：METRO，排名世界第三大的零售批發超市集團。）買了好幾公斤牛肉。一開始，看影片學習煎正常大小牛排，連續煎了一週，終於掌握了不同熟度和牛排該有的色澤。之後，試著把牛排按比例縮小，切成三毫米厚，手指頭大小的小塊。普通牛肉切小塊，近拍紋理很粗，完全不似牛排。就算是頂級牛肉，也只有一小部分可以切出沒有破綻的袖珍牛排。煎的時候，多一秒，肉就捲邊了，成了炒牛肉片。有時牛排熟了，色澤卻不像。

　　國慶第一天，一群人在攝影棚裡相見。海爾媒體部的滕部長也從青島飛來。我布置了一部分袖珍廚房，每個人都圍過來湊近細看。中午吃飯，順手刷朋友圈，看到滕部長發了幾張照片，其中有張他與我的袖珍小木馬合照，附了一首豐子愷的詩：「泥龍竹馬眼前情，瑣屑平凡總不論。最喜小中能見大，還求弦外有餘音。」

　　第二天，道具老師帶了一隻貓過來。牠跟莫愁長得很像，很安靜，也很緊張。我打開籠門，輕輕撫摸牠的脖子。道具老師說：「牠叫Kitty，很聽話，是大院裡的貓。我們跟朋友借的，拍完了就送回去。」

「那牠喜歡吃什麼呢？」

「火腿腸啊。」

道具老師買了包火腿腸，剁了一根，還放了半杯清水。

Kitty什麼都沒吃。測試袖珍布丁時，想起莫愁最喜歡喝牛奶，我倒了大半杯，讓助手送去給Kitty。測試完成了，我切了些碎牛肉煮熟裝在布丁杯裡，放在Kitty身邊，輕輕摸牠的背。牠似乎沒有那麼緊張了，開始抬頭看我。我繼續撫摸他，說：「Kitty，辛苦你了，多吃一點吧。明天見。」

以前製作袖珍，只要縮小建築和器物，這一次，動作也要「縮小」。片頭的切香草鏡頭（很像切西洋芹），為了迷惑觀眾，要用指尖捏著刀柄切，而且動作幅度必須恰到好處。特寫鏡頭下，菜刀和香草多移動一毫米，都會被放大許多倍。

攝影棚裡時常有三十多人，擠

擠挨挨。有一幕拍我切草莓，燈光和攝影都就位了，長槍短炮對準草莓，燈光明暗調好，我突然發現自己沒地可站了。這合圍之勢，我無論如何都擠不進去啊。

煎牛排拍了很多遍。牛排太小，攝影機無限湊近鐵鍋。每回喊停，攝影師就趕快把攝影機移開，拿著紙板對鏡頭一陣狂搧。

我打算去洗個手，剛走開幾步，突然聽到一聲巨響。我嚇了一跳，抬頭張望，好像沒人受傷。

「是攝影機炸了嗎？」

「機子沒事，是燈爆了。」

拍製作香草奶油，我用迷你煎鍋化開奶油，撒入剁碎的蒜蓉，煎出蒜香，然後把它們倒入盛放香草碎小紅碗。剛倒完奶油，一旁拍攝的攝影師突然咧嘴笑了。我問他：

「怎麼了，穿幫了嗎？」

他說：「在鏡頭裡看，好香啊。」

在攝影棚外吃午飯，路邊開著幾

枝淡紫小花，湊近一看，原來是胡薄荷。我摘了一枝給陳導聞它的清香。片中我用鑷子夾著放在草莓布丁上的，就是一朵胡薄荷花苞。這個動作極難。拍了很多遍，每次都屏息凝神，彷彿現場只有我一人。雖然做到心靜如水，但也不能保證成功。草莓粒與花苞實在太小了，即便手上紋絲不亂，它也很可能黏在鑷子尖上下不來。

每天早上七點進攝影棚，棚裡已經燈火通明，工作人員忙忙碌碌。他們要穿過大半個北京城，一定是天沒亮就起床。

有人在很高的鐵梁上固定燈具，我幾次抬頭看。製片派克說：「是的，有人就這麼摔下來。」

袖珍廚房創意廣告。

暮色裡，他沒留下任何蹤跡。他就那樣拉著我的手，把我拉出了大人的世界。

第三章

貓咪就愛扯紙巾

小時候臉盆永遠磕磕碰碰

　　超風和莫愁來了半個月，習慣了和我在一起。白天，我製作袖珍，牠們爬上工作台。露台上，牠們的兄弟開始越過邊界探索新世界。我向外張望，兩隻小男貓脖上繫著紅綢帶，好奇又活潑，活像兩個「紅領巾」。

　　小女貓比牠們的兄弟斯文得多。大多時候，莫愁總在我身邊任何可以躺下的地方睡覺，滑鼠墊、書本、鋸台……超風更喜歡趴在一旁看我製作，看著看著，蜷成一團溫柔的絨球。有時候，牠們也自己玩，在露台上追逐攀爬，累了，相互抱成太極圖，睡在木椅上。

　　我在製作一間偏僻的小旅館房間。拜託我的新朋友是位藝術家，她發來參考照片，是網上搜的圖，看起來像為了拍照特意布置的場景。她說，年代感不對。

　　我打電話向老爸請教，他搞了多年刑偵，養成了處處留心的習慣。「地板嘛，一般是水泥的，以前大多刷豬肝色。」老爸描繪了很多細節，包括城鎮與農村小旅館的區別。大多數細節，跟我猜想的一樣。童年記憶，模模糊糊在那裡。

本篇作品為真實物件的1728分之一。

我做了牆壁，跟以前一樣刷了白灰。地板就按老爸說的，漆成「豬肝色」。

我把袖珍家具放在報紙上，轉身去拿漆料。一回頭，超風也躺在了報紙上，好奇地盯著櫃子看。我摸摸牠的腦袋叮囑：「不能碰，聽到沒有。」牠抬頭看看我，又低下頭專心看櫃子。我把櫃子刷成黑色，然後起身洗筆刷。回來的時候，超風正起勁地舔著爪子。突然發現牠的小肉墊是黑色的，我嚇了一跳，趕快抓了塊濕毛巾給牠擦腳掌。擦了好一會，毛巾挺乾淨，沒有黑漆。我抬起牠的小爪子仔細一看，原來，超風是天生的「黑手黨」，前腳掌小肉墊是黑色的。

簡陋板床，掉了把手的木櫃，舊凳子，搪瓷洗臉盆，

熱水瓶，搪瓷痰盂，花被子，車票，老式電燈開關……舊物件一件一件慢慢地做好，兩個小妞也一天天長大了。

超風依舊苗條，莫愁變成了小胖妞，鄰家阿姨看見牠在露台上閒逛，忍不住問：「怎麼牠一個肚子垂成這樣？」

莫愁爬高遠不如超風輕盈，地面搏鬥卻總能死死壓住超風，百戰百勝。每天，牠們都在我的工作台上過招，「九陰白骨爪」大戰「赤練神掌」。兩個小妞出招迅捷靈巧，玩嗨了，有時也互抱著胡啃亂蹬。

袖珍小房間就擱在工作台上，我給它安了黃色木門。莫愁非常喜歡用腦袋頂開房門，擠進房間，拿小爪子撥弄垃圾桶和痰盂。超風也喜歡小房間，試拍那天，牠從天花板跳入房間，頭枕臉盆睡了一覺。

一個朋友說，她給擔任過工藝美術評委的朋友看我分享的照片，對方說：「炫技而已，不美。」她的朋友從此稱我為「那個做痰盂的」。

我很慶幸，自己似乎保留了某種特別的記憶能力。

我不會忘記，小時候的臉盆，永遠磕磕碰碰；掉漆後的黑，透出金屬的銀，夾著斑斑鏽痕。奶奶房裡的痰盂，除了掉漆，盂底還有經年累月的刷痕。

七月初鄰家小朋友剛放暑假，他常央求阿嬤，「求求你，讓我過去小林叔叔那裡玩五分鐘吧。」

小傢伙見我全神貫注，很是擔心，「小林叔叔，你怎麼不笑，你是

不是有心事啊？」

　我隨口應他，「我沒事。」

　他仍然擔心，「那你怎麼不笑呀，你看起來很嚴肅，是不是有什麼不好的事啊？我來給你講一個笑話吧。昨天晚上我跟爸爸媽媽一起睡覺，突然被吵醒了，原來是我媽媽在打呼嚕，你說好笑不好笑呀？」

　工作台不太凌亂的時候，我也讓小朋友玩軟陶，他的作品有時候是黃色小地雷，有時候是淺綠色窩窩頭，上面點綴翠綠色小顆粒，他告訴我那是喜馬拉雅山。小傢伙每次完成一項製作都很得意，「我的作品很棒吧，是不是比你的厲害呀！」

　某天早晨我在露台澆花，小朋友在工作室裡呼喚：「小林叔叔你快來，我有一個作品給你看。」

　我走到工作台前，他仰頭看我，「你看我把你的小房子發明成這個樣子啦。」我俯身一看，之前做好的袖珍被子，好不容易弄成剛起床的模樣，被他折得整整齊齊。整個房間左右嚴格對稱。

　我錯愕了兩秒，忍不住大笑，「你以後軍訓一定很會鋪床。」

貓咪就愛扯紙巾

胖嘟嘟的大貓把胖嘟嘟的小貓撳倒，使勁舔小傢伙的下巴，小貓仰著頭躺著，不知道是享受還是無奈。

Ivy拍的這段小影片，我百看不厭。她拜託我製作風燈小屋，我說，多發些貓咪的照片吧，記得要那張咪吉肥肥地躺在沙發上的。

「我把咪吉帶回來第二天，上海就下大暴雨了。」咪吉剛撿來的時候還沒睜眼，是男貓，「醜爆了。」

大難不死必會發福，咪吉都十八斤重了。有時候，牠蜷在Ivy腿上睡覺，我還以為她抱著熊貓

本篇作品為真實物件的1728分之一。

玩偶。

我問她：「你怎麼做到的，養得這麼萌？」

Ivy說：「你是問牠怎麼這麼胖是吧？牠就是吃了睡，睡了吃啊。」

Ivy喜歡地中海風格，她的小陽台，擺著藍色花架，各種雜貨都是藍與白。有一次，她買了個藍色鯨魚盤，很開心，在朋友圈秀圖。我問她在哪買的，她回我：「昨晚已經搶光啦，一共才十二個，幸虧我手快……」

不過，我們聊天的時候，幾乎都在說貓，好像根本沒說什麼地中海。

「貓咪真是暖心啊，」她說，「昨天我很難過，躲在被窩裡哭，咪

吉過來用頭頂我，我感覺好多了。」

　　五月，一場暴雨過後，我開始動手製作。我為小屋釘了袖珍木花槽，上完漆，順手寫了「Our Garden」（我們的花園）。其實，我心裡想的是「我們仨」。這個小小的空間，應該是她和貓咪們的。我用藍白條紋厚棉布做地墊，縫一個海錨圖案抱枕，再用黏土做兩個袖珍海星放在地墊上，忽然之間就覺得清涼了。

　　怎麼讓兩隻貓咪在裡面玩呢？我想像著咪吉的背影，在鐵皮罐花器上畫了一隻貓。Ivy發來的貓咪照片，我把它們都縮小了，貼在木牆上。另外幾張，做成袖珍的拍立得照片，隨意丟在地墊上。

　　我也放了一本她覺得「超棒」的書：《當世界只剩下貓》。Ivy說

過，一般是她在看書，兩隻貓咪在一邊玩。我請她拍書的照片給我，Ivy很興奮，「給我地址，送一本給你好了，很好看的。」

　　小魚兒和莫愁來視察，我摸了摸莫愁，手上留下一小撮毛。挑出幾根最細的，剪碎撒在地墊上。旁邊堆著撕爛的紙巾，那是我用鑷子慢慢扯出來的。Ivy一定知道，這是貓咪幹的，貓咪就愛扯紙巾。

把 我 拉 出 大 人 的 世 界

　　古人類化石展剛剛結束。「到時候，放你作品的展櫃，放過頭蓋骨，你會介意嗎？」

　　「好酷啊，我參加。」

　　二○○九年冬天，我開始做《虎歲》，準備春節在廈門科技館展覽。

　　廈門的春節年味淡，我喜歡北方下雪的農村，掛起燈籠，貼上春聯，「虎躍龍騰生紫氣，風調雨順兆豐年。」一輩子辛苦，生活還是不容易，但這一刻紅彤彤暖洋洋，一年輪迴，又有了希望。

　　我本來還想做一些玉米棒和辣椒串，但轉眼大年初一，展覽開始了。

　　「這麼小的燈籠還會亮啊！」許多朋友喜歡那對小小紅燈籠。

　　還有人問：「這雪是不是鹽做的？」

　　有個小男孩，盯著看了半天，突然笑出了聲：「哈哈，兩隻老虎。」他看到的泥塑小老虎，手指頭大小，是用黏土做的，我用最細的筆慢慢上色。可惜，四年後的台北展，小老虎在回來的路上掉了一隻耳朵。

　　年初二，來了個年輕女孩，她看了好幾遍，每次都在《虎歲》前待好久。

　　「真像我們老家啊，我都想走進去。我奶奶看見一定喜歡。」女孩和我聊天，她是展館的工作人員。

　　「我爺爺奶奶都快九十了。這麼大年紀，以後也不可能讓他們再回去。我要是能把這個買下來送給奶奶就好了。」

　　展覽快結束了，我很高興，總算可以休息了。老爸老媽也到了廈門，跟我一起過年。

　　初五傍晚，爸媽去公園看燈籠，我在社區裡散步。

　　「叔叔你來看一看，這邊有一隻小狗生病了。」

　　我身邊突然冒出一個小男孩，仰著臉，急切地看著我。

　　我愣了一下，小男孩很著急，拉著我的手臂，「你來看一下吧，就

本篇作品為真實物件的1728分之一。

在這邊。」他把我帶到了涼亭裡。

真的有一隻狗，在紙箱裡蜷成一團。

「牠本來在樹上，我們把牠抱下來的。」小男孩說，「你救救牠吧，牠好像生病了。」涼亭裡還有兩個孩子，大概是小男孩的朋友。

我蹲下來看，狗還活著，很瘦，看起來病得厲害。

「叔叔你救救牠吧。」小男孩哀求著。

我還沒來得及回答，似乎有人喊他的名字，小朋友一邊大聲回應，一邊張望，跑進了暮色裡。

我把狗抱回家，給牠墊了幾層浴巾，牠似乎沒有力氣站起來。牠太瘦了，肋骨都看得清。我打電話向養狗的朋友求援，想找到可以給牠治病的醫生。

「你要加油啊，一定要好起來。」我輕輕撫摸牠。

我找來些溫熱牛奶，小心地擠到牠嘴裡。

他慢慢有了反應，開始吮吸牛奶。我開心起來，那一瞬間，我似乎看見了牠跟著我在草地上奔跑。我一邊餵牠，一邊撫摸牠的頭。牠的眼裡真的有了光彩，吮吸也更有力氣了。我發現，牠的牙齒有一點鬆動。

喝了半瓶多牛奶，牠的腦袋又耷下了，似乎要睡覺。我把紙箱抱進開了暖氣的房間。

半小時後，我去看牠，牠睡著了，再也沒有醒來。

爸媽回到家，數落了我一通。「大過年的，這多不好。」「會不會帶回來什麼病啊。」

我一句話也沒有說。

　「至少，牠離開的時候不會冰冷孤獨。」朋友安慰我。

　我哭得很傷心，像回到小時候。其實，我看見牠的第一眼，就知道已經無法挽救。我不知道為什麼會把牠抱回家。

　朋友說：「那個小男孩好神奇啊，說不定是小狗的守護天使。」

　我擦乾眼淚，努力回憶他的背影。說不定真的是那樣，暮色裡，他沒留下任何蹤跡。他就那樣拉著我的手，把我拉出了大人的世界。

相 伴 到 最 後

「我的貓還有一週時間，我在陪牠度過最後的日子。」

她要為這隻貓訂做相框，我正要做，貓卻走了。

貓的名字叫「吾安」。

那晚七點四十八分，她告訴我，「牠快不行了」，發給我短短的影片。吾安瞳孔放大，輕輕地發抖，不斷吐著舌頭。

我幾乎忍不住要伸出手去撫摸螢幕裡牠的腦袋。

「每個人都會很愛自己的頭生子。牠是我的第一隻貓，五月十九日來，六月十三日開始看病，我從沒放棄過，如果以後我還有貓，牠還叫吾安，但是我不知道能不能，吾安在我心裡就是牠。」

她說，一位朋友的貓也走了，叫穆斯塔法。相框將用來珍藏吾安和穆斯塔法的模樣。

吾安長得很像我的超風，超風失蹤之後，我遇見每一隻長得像牠的貓，都忍不住叫：超風。

超風和莫愁一樣，是四月六日生。兩姊妹剛來的時候，都是一團小絨球，每天跟我玩躲貓貓。漸漸地，牠們長大了，超風每天喜歡在工

作台上看我製作袖珍，和莫愁「九陰白骨爪大戰赤練神掌」，然後趴在我的電腦邊呼呼大睡。天冷的時候，牠在我腿上蜷成一個圓球，讓我不忍起身，恨不能長出《神隱少女》裡鍋爐爺爺的超級長臂。

超風瘦小，卻很靈活，我一不留神，牠就鑽進我的袖珍房子裡睡覺。我拿東西擋住房門，或者乾脆把有門的一側靠牆，超風卻幾乎都能找到門的位置，三兩下就破了機關，鑽進去不肯出來。

超風長大了，飛簷走壁。有時候，牠會離家一兩天。

我在湖邊撿回流浪貓「小魚兒」以後，超風似乎很生氣，經常凶小魚兒，也比從前更愛離家了。我想把牠關起來，鄰家剛上小學的小朋友語出驚人：「每隻貓咪都有自由的靈魂呀，你關不住牠的。」

　的確，超風瘦小輕盈，一不留神就能從任何地方溜走。終於有一天，牠離開了，再沒回來。

　一年後，我搬離了廈門。臨走前，再三拜託鄰居阿姨：「萬一超風回來了，一定先替我照顧牠，再打電話告訴我。」

　有一天，看到朋友轉發微博，一隻受傷的貓咪被綁在樹下。雖然明知道牠不是超風，但那一刻，我依然覺得超風就在眼前。背上包要出門去救牠，仔細再看了一遍微博下面的評論，原來那隻貓已經死了。

　五月初，在北京參加優酷的媒體發表會。現場閃爍喧鬧，我只覺得空落寂寞。抬頭間，看到螢幕上八張大照片，邊角一張是我，低著頭，在製作《山寺廚房》裡的鍋灶，超風趴在我的腿上。那一刻，心裡溫暖又寧靜。

　我對吾安媽媽說：「吾安會安心的，你也要安心才好。」

　可以相伴到最後，不失為一種幸福。

我經常從《綠屋》的小小窗戶往外看，
看現實中的露台，夏末，馬鞭草的花終於開盡了。

第四章

我在那一角落患過傷風

第 一 盞 燈

　　四月，雨季過去了。我把窗台擦乾淨，開始晒書。小魚兒和莫愁也癱在書上晒。

　　「書中自有喵如玉」，我隨手拍照在微博上分享，有朋友說：「喵要看養腎的書。」我仔細一看，小魚兒的腦袋從書叢裡冒出來，挨著一本《養腎就是養命》。

　　搬來嶺南第一年，我住在城市僻靜一角，從南窗望出去，是一片野地和樹林。幾個月前，朋友帶我來看房，野蘆葦在風中搖曳，我心動了。

　　搬家真的很辛苦。好久，我都沒法開始新創作。有一天，

本篇作品為真實物件的1728分之一。

和朋友逛宜家，突然來了靈感，不如把宜家的風燈變成小屋吧。

第一個風燈小屋要做什麼呢？我和助手邊散步邊討論。

這裡的空氣好極了，晴朗夜晚在山道上散步，星星分外明亮，到處聽得到蟲鳴蛙唱。蛙鳴聲有好幾種，其中一種巨響，我忍不住想，難道是《天龍八部》裡的莽牯朱蛤？

「要是能把星星做進去就好了。」小助手抬頭，自言自語。

我住的地方只是過渡，很多東西在箱子裡沒開封，能用的工具材料不多。我找到從東京帶回的黏土書給助手，「你要不要試試做貓咪？」他翻看了半天，「我來做小魚兒吧，小魚兒最帥了。」

我找出幾個袖珍花盆，都是在廈門時燒的。最大的一只，釉色是天青的，在七夕那期微花店中，我用它點蠟燭。另外幾只更小，盆口掛著不規則釉色，我記得其中青藍色那只，是用在日本買回的釉料燒的，那種釉色叫「空色」，可能是天空的顏色。

我在指頭大的花盆裡種上迷你多肉，很快，它們就長根了。小魚兒在陽台上咬著葉子，那是雨季後磚縫裡冒出的瓜苗，我不知它從何而來，這會兒愈來愈長，開始纏繞在一旁的鐵架上。

小助手開始研究黏土，「小胖魚，快過來給我當模特兒。你最帥了！」小魚兒沒理他，自顧自在陽台舔尾巴。

試了好幾次，「小魚兒」終於新鮮出爐了。我走過去一看，實在是忍不住，一直笑。

小助手有點兒不好意思，「是不是不太像？」

我終於忍住笑，把黏土貓咪放進風燈裡，「沒事，挺好。『小魚兒』看起來好像很生氣。」

　　不知小魚兒有沒認出黏土小貓是自己，我們拍照時，牠在一旁趴了半天，和生氣的「小魚兒」兩兩相望。看著看著，小魚兒忽然就睡著了。

　　風從陽台吹進來，風燈小屋裡的吊燈輕輕搖曳著，吊燈壁透出的「星星」也模糊起來。

　　朋友三藤看到小魚兒的風燈，很是欣喜，她找我商量，希望能買下來送給一位重要的朋友。不過，她收到風燈小屋，卻改變了主意。那天，她和女兒一起動手，把風燈小屋裝好了，兩個人玩得很開心。

　　「我爸爸前一段時間去世了，我一直都很難過。好久沒這麼開心了，我想把它留下來。」

為 小 叔 種 迷 迭 香

　　鄰居換成了一對老夫婦，帶著四歲半的小外孫。他們在露台上搭起鐵柵欄，兩家分隔清楚。小傢伙經常吵著要過來串門，外婆總不讓，一老一小長期鬥爭。

　　這一次，小傢伙突然冒了一句：「你都十幾年沒開這個門了。」逗得外婆直笑，就把門開了。

　　我忙著布置袖珍花園，小傢伙興高采烈。

　　「叔叔你為什麼做小花園啊？」他指著剛完成的小角落，「這個有點好看。」

　　「為什麼不在桌子上做一個電腦呢，那種可以翻開的電腦。」

　　「小桌子太小啦，放上筆記型電腦，就放不下其他東西了。」我隨口向他解釋。

　　小花園裡的柚木桌面，只半塊豆腐大，擺著小花盆、舊相框、雜貨小鳥、香草蠟燭和香草皂，還有一瓶香草油，我給它貼了標籤，寫上「Rosemary」——迷迭香的英文名字。

　　「小林叔叔，這個是不是鉛筆呀？」小朋友看見了我用細樹枝做的筆，牙籤粗細，十來毫米長。

鉛筆旁，有兩小包香草種子，我寫了極細小的英文名——Thyme。那是百里香，我在露台上也種了一叢，烤蛋糕或煮湯時加入一兩枝，香氣很舒服。

　　「哇，這邊還有。這個是用小鉛筆寫的嗎？」他指著桌腿邊的雜貨木盒，裡面也有好幾包種子。我湊近看了一眼，小紙包上，寫著Sage和Parsley（鼠尾草和歐芹）。

　　「Parsley, sage, rosemary and thyme」（歐芹、鼠尾草、迷迭香和百里香），這是〈斯卡博羅市集〉（注：Scarborough Fair，英國民謠。），保羅‧賽門與葛芬柯的二重唱。我第一次聽是在大學宿舍，晚上躺在床上，聽著聽著，眼淚流進耳朵。

　　偶然看到吉本芭娜娜的《廚房》被拍成電影，富田靖子在西餐廳裡，撫摸桌上四盆香草，輕輕哼唱，Are you going to Scarborough Fair? Parsley, sage, rosemary and thyme……我突然很想知道，〈斯卡博羅市集〉裡反覆唱的幾種香草，到底有什麼樣的香味。

　　幾年後，終於種了迷迭香、百里香和鼠尾草，順便還種了羅勒、薄荷、薰衣草、九層塔。可惜，始終沒種成歐芹。

　　我的迷迭香是匍匐型品種，姿態很美。每到春天，枝上綴著星星點點的淡藍小花，真像它的英文別名一樣，彷彿海的露珠。我用扇貝殼和水晶做了個小掛飾，掛在花槽上方，每當風吹過，香氣縈繞起伏，水晶也跟著閃動。

　　有一年情人節，我做了黑色硬糖，敲成小碎塊，用透明小袋子裝著，紮上小緞帶，跟好友們分享。老同學吃了一塊，很驚喜。她說，甜蜜中帶著苦，有一種無法形容的香氣縈繞不散，像初戀。「剩下的

本篇作品為真實物件的1728分之一。

我要藏起來，慢慢吃，誰也不給。」

那一次的糖裡，我加了一小枝迷迭香。《哈姆雷特》中說，迷迭香是為了幫助回憶，或許真有它的道理。

「唉，太濕了。」鄰家老伯正站在柵欄邊抽菸。

「這個天太濕了。」他吐了一口煙。「這邊一大片都是填海填出來的。我小時候，這邊沒有房子，都是海。」

「小林叔叔，你是不是要拍照？要不要我幫忙呀？」小朋友還真是神奇，每次完成新作，他總是剛好出現，當第一個觀眾。

「幫我把小凳子搬到那邊吧。」

剛完成的袖珍花園角落，放在迷迭香邊拍照，鏡頭裡的背景，碧煙氤氳，點點微芒，似有蔚藍的風吹過。

「你的迷迭香都成精了！」

第二年春天，好友荻花來看我，迷迭香開得正好。

我把袖珍花園放在陽台上，荻花看得入了迷。

我舉起鑷子探入小花園，夾起桌上的小貝殼，輕輕放在指尖上。

「看，這是你給我的啟發。」豆粒大的小貝殼是海邊撿的，我用它「種」銅錢草。貝殼尾端有個小窟窿，我用黏土做了更細小的銅錢草，讓它們也從窟窿裡冒出來。我記得荻花說過，用草莓罐種銅錢草，側面窟窿會冒出小苗。

荻花說，家裡裝修時，她的工作台、木架子、吧檯、掛鉤和擱板，「都是把你的袖珍放大的」。

　　兩年前，荻花來廈門，我泡了新鮮的迷迭香茶招待。她也愛上了香草，種了很多品種。她說自己最愛迷迭香。我說：「一般說來，女生喜歡百里香的味道，男生更喜歡迷迭香。」

　　幾個月前，荻花的小叔去世了。趁著春天，她扦插了許多迷迭香。她說，要種在小叔身旁。

白 鷺 洲 旅 行

　　夏至那天，我突發奇想，跟助手說，帶上我們的花園去白鷺洲旅行吧。

　　白鷺洲離工作室很近，經過一座人行天橋，再沿箐簹湖走一小段就到了。我們把露台上隨意布置的微花園角落裝進木提籃裡，拎著它出發了。

　　那天陽光很好，拎著提籃，一路遇見許多野花，黃鵪菜、鴨跖草、通泉草、白花蛇舌草、馬纓丹、酢漿草……

　　「是不是還得有個小動物，鼴鼠什麼的？」我在白鷺洲草坪上拍照，圍觀的大媽忍不住開了口。

　　我輕輕轉動鏡頭，顧不得回答。

　　一隻灰藍鴿子走過來，一路啄玉米粒。忽然，牠停住腳步，轉頭朝我的小桌子看過來。我把焦距對準桌面，鏡頭裡一把暗紅的咖啡豆鏟，寫著白色「Summer」，旁邊散落幾朵小多肉，黃綠的、青藍的、灰紫的。

　　鴿子愈走愈近，我轉動鏡頭，看見了紅眼睛和白鼻子，牠的胸羽很美，泛著隱隱的紫銅光澤。我有一點兒激動，牠會一口吞了我的小多

肉嗎？

鴿子走開了，我爬起身，大媽繼續追問：「是不是會有鼴鼠啊？」

我說：「鼴鼠應該還在睡覺。」

「這是什麼花？顏色真好看。」

大媽眼神很好，看見了桌上的迷迭香。我也喜歡淺藍色，出發前，在露台剪了兩枝，和爬牆虎花蕾一起插在掉漆的紅鐵罐裡。

助手把草地上的東西一件件收回提籃，大媽看得很開心，一連串地提問：「怎麼這麼小啊，是不是小人國用的？怕不怕雨淋啊？」

我托起小桌子給她看，「這是真的桌子，防腐木釘的。」

大媽湊過腦袋，瞪大了眼睛，「我看見了，這麼細的釘子啊！」

我們拎著提籃走到湖邊，這裡沒有人，輕柔的風吹得很舒服。助手說：「來拍海景吧，這裡的湖面最美。」

我們在湖邊石欄上布置，把從微花園裡帶來的木牆當成海邊甲板。

淺藍舊木椅放在甲板上，隨手在椅子邊放一盆茂密的迷你多肉。

「可惜沒有帶茶和書，就在這裡吹吹風吧。」今天臨時起意出門，我忘了帶上袖珍茶杯和書。一陣風吹過，剛取出的小乾花飄進了湖裡。

「怎麼有這麼小的椅子？」湖邊來了個小姑娘，她走到我們身邊探頭張望。

「這是貓咪的。」小助手說。

「那你們怎麼不帶貓咪來啊？」

莫愁很喜歡這把藍椅子。牠也喜歡微花園的白柵欄，總伸出脖子在柵欄上蹭啊蹭。我把椅子和柵欄都帶來了，可惜，不能帶莫愁，牠太膽小了。

「你看那紅色的是什麼？」回家路上，助手看見了湖岸邊幾枝從未見過的小野花。

「你去打一點湖水來吧。」我取出一只小小綠釉缽，它缺了個口，釉色似淺淡苔痕。

湖水注入綠釉缽，迷你槐葉萍浮出了水面，插上剛摘的兩枝小花，一下子明亮起來了。

雲朵飄過，優美的蝶形小花在日光裡浮沉。那一瞬間，想起了松尾芭蕉的俳句——天高地靜，月亮永伴胡枝子。

我躺在草地上，一大片雲擋住了太陽。側過臉，小木箱上，指頭大的石膏兔子正仰頭看著綠釉缽。風吹過，青草和小野花也漾動起來。

「老師，幫我拍張照吧。」

我抬起頭，小助手正伸長了手臂，托住天邊一朵低垂的雲。

黃 色 不 是 很 開 心 嗎

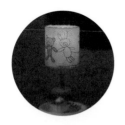

「小林叔叔，你的小房子怎麼不塗黃色啊？」鄰家小朋友在露台柵欄邊踮著腳，伸長了脖子朝我張望。「阿嬤不開門，我都看不清楚，你可以把小房子拿過來讓我看看嗎？」

我正在給袖珍陽台刷顏色，順手捧起來走到柵欄邊。

「怎麼不用黃色呢？我最喜歡黃色了。」

「這是希臘的房子，希臘經常用藍色和白色。」

「為什麼不用黃色和藍色呢，那樣不是很開心嗎？」

我還是照舊刷藍白顏色。軒拜託我的時候說，她很喜歡希臘。我看了聖托里尼島的照片，愛琴海無盡的藍色白色，看多了，腦子都恍惚起來。晚上做奇怪的夢，夢裡的包子印著青花瓷圖案。

那段日子，我經常去海邊發呆，海浪的聲音無邊無際。

半個月後，舊桌椅做好了，無花果、橙汁、醃橄欖、迷迭香餅乾、虞美人……這些，都很希臘。

怎麼做出直徑五毫米的蠟燭呢？我困擾了好久。有一天從麥當勞打包回來，吸著可樂，突然開悟。我把吸管剪成六毫米長，立著黏在墊板上，燒融藍色和白色蠟燭，混成淡藍色，把蠟液一滴一滴灌進吸

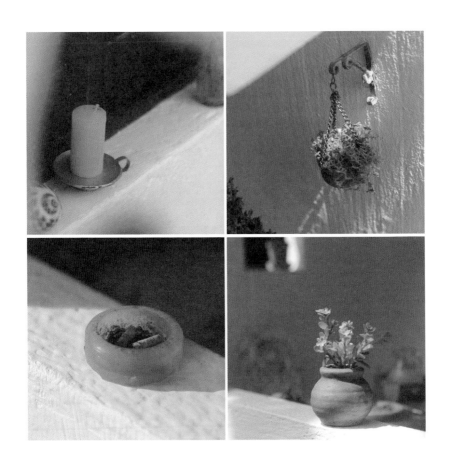

管，再插上極細棉線。等蠟液凝固，用筆刀小心剝掉吸管。

　　鄰家小朋友來串門，東看看西瞧瞧，不斷發問：「小蛋糕可以吃嗎？為什麼做這麼多花呀？哇，還有一個菸頭！」他停下來，盯著陽

本篇作品為真實物件的1728分之一。

台上的迷你菸灰缸，那是用口服液瓶子的瓶口做出來的。

「小林叔叔，為什麼小房子裡還有菸頭啊？」

「叔叔猜想有一個阿姨想跟她喜歡的朋友去旅行，男生在看風景的時候，有時會抽菸。」

「那這個男生是阿姨的男朋友嗎？」

「哈，這個我不知道，希望是吧。」

軒說過，想送給一位重要的朋友。她沒有告訴我，這位重要的朋友是不是她喜歡的人。我的腦海裡卻忍不住浮現那樣的畫面，面朝大海的陽台上，女孩望向遠方，男孩看著女孩，微微仰起頭，吐出一個煙圈。

小朋友繼續問：「這花為什麼會動啊？」他指著陽台裡一盆吊栽，用指尖碰了一下，小盆栽輕輕晃動起來。

「哇，這個燈會亮！上面還有小兔子和小熊！」小朋友的注意力絲毫不停留，跳向下一個目標。「這個蠟燭是不是真的啊？水壺可以澆水嗎？」

我彎下腰，看陽台裡的檯燈，那是用松木、黃銅和布製作的，燈罩上的圖案，是小熊牽著小兔子。

「你覺得小熊和小兔像不像阿姨和她的好朋友呢？」小朋友歪著腦袋看了一會兒，「我覺得比較像我們幼稚園的小朋友……」

直 到 馬 鞭 草 的 花 開 盡

「像法國南部巷弄裡的屋子。」Julia在微博上留言。Julia經常去歐洲，普羅旺斯是她最愛的地方。

我有點意外，我從未去過法國，《綠屋》僅僅是我的想像和願望。

「那個阿姨還在露台養雞鴨嗎？」物業主任說，「我要把雞鴨塞到馬桶裡沖走！」

阿姨的雞鴨當然還養著。但我沒說。

阿姨說過，養雞鴨是給兒子進補的。她兒子在附近開髮廊，租了我隔壁的房子，母子倆和員工都住這兒，阿姨每天為大家煮飯。

一開始，我很不習慣。出租屋十幾號人，兩家共用的露台永遠雜亂。阿姨在角落養雞鴨，吃剩下的飯，她鋪在露台上晒乾。樓上鄰居肆無忌憚，往下扔雞骨頭和飯盒。

我買來防腐木，在露台搭了個兩平方米的小花園。花園主角是一盆滴水觀音，花盆裡我也布置了一個微型花園，花園桌和酒瓶蓋一樣大。我用水苔球種了幾棵小小羅漢松，掛在背景牆上，用來抵擋鄰家

本篇作品為真實物件的1728分之一。

的雜亂。

阿姨的雞每天來啄葉子，茉莉和六月雪愈來愈稀疏。我向阿姨投訴，她用雜物把雞圍在角落裡。一轉身，牠們又來了。

阿姨不太會說普通話，她的閩南語帶著濃重的口音，我很難聽懂。她每天忙忙碌碌，露台上碰到，她總是笑容滿面地跟我打招呼。有時候，她說起兒子的事，努力想著詞彙，比劃半天。關於雞啄葉子，她也努力解釋，可惜我聽不懂。

我釘了木花槽，種上迷迭香和洋甘菊。花槽上方，錯落掛上玻璃瓶，瓶子裡養著水培的常春藤。我走上露台，目光總先落在花槽上，自動屏蔽雜亂背景。

陽台也要改造。我把木板固定在不鏽鋼防盜窗上，安上擱架，植物們紛紛入住。夏天到了，我做了個迷你小噴泉，細細的水柱流過貝殼和水晶，淙淙注入卵石間。

我的心情好了起來。八月，袖珍《綠屋》動工了。

做的是舊屋子一角，兩扇小綠窗，向院子裡推開。門也很舊，老式的門鎖，把手只有四毫米粗，我弄了一整天。窗外的小院子跟露台

一樣鋪了紅色陶磚，每一塊和硬幣差不多大。

看過電影《凱爾斯的祕密》，愛爾蘭森林裡，白貓悄悄穿過藍鈴花和粉色毛地黃，美得令人窒息。我很想在露台上種它們，可惜廈門太熱。

我用黏土做了十二棵毛地黃，種在《綠屋》的小院子裡，它們在窗台下參差生長。想像著院子變大的樣子，我在毛地黃腳邊種下細香蔥、吉祥草、拜占庭秋水仙……

露台上的小花園，繼續慢慢改造。橡皮樹、紫薇、天門冬、龍吐珠、日日春、石榴、薄荷、美女櫻……新來的植物們都是熟面孔，在廈門隨處可見。挨著露台角落，我用防腐木釘了個木地台，兩米四乘一米八。花草

們圍著地台，新的小花園漸漸成形。

阿姨照舊忙碌，入夏後，她似乎變得更黑更瘦了。她看到我在露台上種花，找出兩個舊花盆，搬到我身邊。我向她道謝，她笑著對我擺手。

《綠屋》的小院子裡，我也做了一個木地台，比巴掌略小。露台花園的地台還很新，袖珍地台一轉眼就變舊了。

我找到比筷子細的樹枝製作小椅子，放在《綠屋》小院裡。其實，我也想做大的樹枝椅放在露台上。每次颱風過後，我都在社區裡收集樹枝。可惜，直到搬離廈門也沒能動手。

《綠屋》愈來愈難，我也愈來愈投入。試著用銅皮焊了大拇指粗細的澆水壺，它真的可以澆花，我用它澆迷你多肉，水流就像雨滴項鍊。紫銅做的

杯子，比小手指頭還小，用它裝水喝，只夠「點絳唇」。

　　窗前的桌椅也做好了，有經年累月的痕跡。桌上放了一枝筆，和大頭針一樣細。每次我湊近細看桌上的《魔戒》和地圖，總想拈起筆寫字。旁邊的白紙上寫著細小單詞，像螞蟻爬過的足跡，那是精靈語，我還記得「再見」是「Namárië」。

　　有時候，阿姨在屋子裡幹活聊天，笑聲在樓宇間迴盪。我呆呆看著袖珍屋子，想像它北側牆上苔蘚漸長。

　　露台上的小芳鄰愈來愈多，有時是小蝴蝶和紅蜻蜓，有時是小鳥，有時是新冒出的野花。石龍芮的小黃花開了，益母草粉紫花開了，龍葵的小白花結上了青果，馬鞭草淡紫小花從春天一直搖曳到夏天。

　　《綠屋》也漸漸長出苔蘚與野草。木地台南側，鳥兒銜來的種子落入縫隙，冒出小小榕樹苗。銅水壺插上了野地採摘的漿果和野花。這些，都是用黏土做出來的。從小綠窗看出去，《綠屋》的院子裡有種著香草的木花槽。我常常恍惚，以為那是露台上的迷迭香。

　　夏末，馬鞭草的花終於開盡了，《綠屋》變成了我想像中的樣子。

　　我在露台拍照，天空湛藍，一隻指甲大小的灰紫小蝴蝶翩然落在柵欄上，瞬間變成了巨蝶。

不 能 用 手 指 月 亮

「蒲葵扇得用米湯洗，然後晾乾，平時壓在席子下。」老爸說。

老媽不以為然，「誰說要用米湯洗，用水洗就可以了。」

爸爸媽媽不懂袖珍，不過，他們是我最重要的老師，他們有的是生活經驗。

我搖著蒲葵扇，童年記憶忽然復活了。蒲葵扇真的是壓在席子下面。小時候，奶奶出門總帶著它擋太陽。她用布條沿扇邊縫一圈，說這樣更結實。

我很快做出一把蒲葵扇，淡青裡泛著黃，和小時候用的幾乎一模一樣。當然，它是袖珍的，只比手指頭略

　　大，我也用極細的舊布條沿著扇邊圍了一圈。朋友說，讓人想起了鐵扇公主剛從嘴裡吐出的芭蕉扇。

　　新作品很難，朋友拜託我找回童年夏日。從冬到夏，我終於有了靈感。

　　「叔叔，你在做什麼？」五月陽光裡，四歲半的鄰家小朋友隔著鐵柵欄大聲問我。

　　「叔叔在翻譯。」

　　「翻譯是什麼？」

　　「叔叔把英文說明書變成中文，這個就是翻譯。」我買了新的切割

機，說明書全是英文。

小傢伙很得意，「我在學校也有學英文。」

「真的？那你唱英文歌給叔叔聽好嗎？或者說幾句你學過的英文。」

沉默了幾秒鐘，小朋友很嚴肅地回答我：「你只要把你自己的事做好就行了，別人的事不要管那麼多啦。」

他阿嬤聽了，笑個不停，「你不要讓他過去你那邊，不然會被吵死的。」

《夏》是童年回憶，有小朋友相伴，真是太好了！

《夏》的主體，小小的老屋一角，要五百多片瓦。屋頂檁條還露著，做好的瓦片堆在牆角，等著往上鋪。拜託我的朋友很興奮，「家裡買了一批瓦，正準備翻修屋頂，那場景，差不多應該就是這個樣子啦，真是太巧了！」

我在陽台上一片片鋪著瓦，鄰家小朋友在露台騎著小腳踏車亂轉。他突然停下來跟我打招呼，「叔叔，你在忙什麼，又在做小房子嗎？」

我舉起小瓦片給他看，「我在鋪瓦，你見過瓦片嗎？」

小朋友歪著腦袋想了一下，「爺爺家有很多。」

他挨著鐵柵欄，給我講了一段故事。「我爺爺的媽媽死了，放到冰箱裡，後來又放進小盒子裡面。我爺爺哭了，奶奶也哭了。爸爸沒有哭，我哭了一會兒就不哭了。」

鄰家阿姨給他的故事做了補充。葬禮現場，小朋友聽到〈世上只有

媽媽好〉，突然大哭。爺爺問他為啥哭，他邊哭邊問：「爺爺你有沒聽到這首歌？」

「有，爺爺聽到了。」

「我聽到太感動了，爺爺你以後沒有媽媽了，真是太可憐了，我就忍不住哭了。」

小朋友和我小時候一樣，大多數時間跟阿嬤待在一起。阿姨種了幾棵石榴，結的果又大又紅，她喜歡坐在那裡喝茶看石榴。有時候，一老一小並排坐著，一邊喝茶，一邊小聲說話，像老朋友在談心。

門閂、竹榻、水桶、扁擔、燒水壺、搪瓷杯、柴刀、蒲葵扇……童年的記憶逐漸浮現，我沉浸在這時光之旅中，滿心歡喜。

朋友們問我，為什麼斑駁得如此正常呢？我也說不上來，很奇妙，我記得住那些經年累月的痕跡，就像它們是時光給我的禮物。

老式的水龍頭，城市裡已經看不到。記憶中，它帶著藍漆或綠漆，永遠斑駁剝落。我製作的水龍頭只有綠豆大。

我也做了一滴「水珠」，掛在水龍頭下面，它小到幾乎看不見。我記得多年前奶奶小心翼翼擰動水龍頭，看著水一滴一滴慢慢地出來，她說這樣水表走得比較慢，可以省錢。

我打電話問媽媽，「知不知道竹子是怎麼弄彎的呢？」

「我替你問下舅舅，他以前做過。」老媽好像很興奮。

舅舅的方法，做大家具沒問題，做袖珍真是太難了，細竹子一弄彎特別容易斷。大家具都有竹節痕跡，用真竹子做袖珍，竹節間隔太大。這些，都要自己想辦法。

竹榻上的細竹子，我也按真的做，找來細竹絲，削到剩一層竹青，再劈成更細的絲。

六月，露台上的迷迭香開花了，清淺的藍，像雨後初晴的天空，看一會兒，眼睛也沒那麼累了。

我想做爺爺的柴刀，找不到圖片，只能使勁想，一遍遍打磨。終於完成了，我拎起柴刀，淚水瞬間流了下來。那一刻，爺

爺彷彿就在身邊，我能看到他粗糙的大手握著
溫潤暗沉的刀柄，映著爐火，忽明忽暗。

　夏日一天天流淌，童年往事點滴匯聚成流。

　伯父家周圍有很多田地和小溪溝，田埂上永

本篇作品為真實物件的1728分之一。

遠有蓼花與藍蝴蝶。我們折了小紙船放在溪裡，比賽看誰的走得快。溪水中，每塊石頭每隻小蝦都看得一清二楚。每當小魚和蝌蚪游過小船，我就像看見鯊魚和成群的海豚，清澈見底的溪流也變成了蔚藍大海。

　　我在《夏》的小水溝邊做了幾隻袖珍蝴蝶，藍蝴蝶、花蝴蝶，還有一隻是秋葉的顏色。用透明絲黏在野草上，輕輕吹一口氣，它們忽閃起來了！

　　七月，作品完成了。關了燈，拉上深藍窗簾，童年真的回來了——
　　老屋門外，昏黃燈光罩著竹涼床，蒲葵扇、西瓜、搪瓷杯、瓷碗，泥地上甩落的小小拖鞋。

　　我輕輕轉動鏡頭，捨不得呼吸。

　　小時候的夜晚，一邊吃西瓜一邊乘涼，是最大的享受。伯父種的西瓜很甜，籽也很多，我和小夥伴們憋足了勁互相吐西瓜籽掃射，大人們終於忍無可忍，紛紛訓斥。爺爺奶奶坐在門口，一邊搖著蒲葵扇一邊和鄰居聊天。小孩子搶來一把蒲葵扇，學大人的樣子搖一會兒，然後把扇子一丟不知道跑哪兒去了。

　　那時的月光真美，小孩子伸手指著月亮，「你看月亮好亮！」大人的蒲葵扇一拍，「不能用手比月亮啦，耳朵會被割掉。」

　　我真想再吃一次那很甜籽很多的西瓜。我很想念小時候明亮的月光。

我 在 那 一 角 落 患 過 傷 風

「你看，這有小狗腳印！」

李瀟突然蹲下來，舉起相機對著地上拍。路面坑坑窪窪，好幾串腳印，應該是水泥路面還沒乾透的時候，幾隻小狗路過。

這是她第一次來廈門。那天我們逛得很開心。二〇〇九年的鼓浪嶼人還不多。

「真是太好了，在北京哪兒都是人。真想來這兒住下。」

她拍了很多照，紅牆老屋，窗台上的花草，奇形怪狀的樹，花園裡的小天使像，路邊打盹兒的大爺……李瀟和我一樣熱愛袖珍創作，我們在網上認識，成了很好的朋友。

「什麼時候一起辦個展吧。」

我們在工作室外的露台小花園喝茶，聊未來。

「得攢多一些作品才行，一起努力吧。」

李瀟在露台拍了很多照，她很喜歡我的小花園。

「我要是能做一個就好了。」

她回北京沒多久，用黏土做了棵袖珍小榕樹。

上圖是我的真實露台花園，其餘圖片皆為李瀟據此創作而成的袖珍露台。

「第一次做黏土植物，緊張得手抖。不知道什麼時候才能有功力做一整個花園⋯⋯我的夢想。」

秋天，她開始做橡皮樹。「斷斷續續做了一天的橡皮樹，渾厚圓潤的葉子，沉穩的氣質，似乎和北京的秋天很相配⋯⋯」

終於，我的露台小花園，李瀟做出了袖珍版。

木地台挨著露台一角，橡皮樹、滴水觀音、吊蘭、銅錢草、迷迭香⋯⋯植物們高低錯落，紅藍頂小鳥屋、繫蝴蝶結的小鴨子、苔球針葉樹⋯⋯小木桌上擺放著那天的輕乳酪蛋糕和迷迭香茶。

她給作品起了名字：《我在那一角落患過傷風》。

我也在做花園角落，一邊回想鼓浪嶼，一邊做。半堵舊磚牆，紅色木柵欄，花園椅下堆著小花盆，翻開的園藝書，種了一半的種球和小苗，紅葉飄落在書和地台上。

三年後，我們在北京頤堤港再聚。這可能是國內第一次袖珍展，我和李瀟都被邀請參加。我們的展廳叫「冬日花園」，五六層樓高，上面是玻璃天幕，頂上懸著一條巨龍。

「哈，終於一起參展了！」

布展那天，天空清澈高遠。李瀟的新作《松雲之秋》與我的《午後》背靠著背，放在同一個展台上。

我也看到《我在那一角落患過傷風》。它的原型已經不在了，我很開心李瀟用袖珍把它留住。

當時的露台，我用防腐木釘了帶柵欄的花槽，種上薄荷與小白菊。花槽裡，斜斜鋪著幾塊海邊撿的紅磚「卵石」。薄荷叢中冒出一座紅頂小鳥屋，那是用樹枝和裝修廢料做的。角落擱板上，藏著一對紅藍頂鳥屋，還有一顆心形卵石。我想起來，另一個花槽裡種了鄰居阿姨

　　分給我的西番蓮，我用廢電線剝出的銅絲固定成格子，讓它在上面攀爬。

　　「你把它藏在這裡啊。」我發現了李瀟做的小鴨子。我的花園角落有一隻布滿苔痕的陶鴨子，脖子上用拉菲草打著蝴蝶結。李瀟的袖珍小鴨子，手指頭大小，藏在花槽裡，脖子上也打著拉菲草的蝴蝶結。

　　「你分了這些草給我，正好用上了。那幾棵滴水觀音，也用了這個。」

　　「滴水觀音」依稀是當時的姿態。我釘的簡陋小木桌，李瀟做了個相同的。和那天聊天時一樣，擺著乳酪蛋糕，兩杯香草茶。

　　我把臉湊近花園角落，李瀟的袖珍地台斑駁濕潤，留著那天未乾的水痕。

第五章

本跨頁圖作品《很高興你們這麼幸福》為真實物件的1728分之一。

兩人坐在木椅上，淺淺地笑。感覺是牽著手慢慢走了很久，
相視一笑說：「這裡真好，我們休息一會兒。」

很高興你們這麼幸福

寶 寶 的 十 二 個 相 框

「寶寶的小名叫芋頭？這個名字很少見啊。」

「她叫雨桐，第一次給我妹說，她聽成了芋頭。」

伊然給我發照片，我以為寶寶半歲了，她說：「八個月啦。」

我問她：「寶寶是不是開始學說話了？」

「還不會叫媽媽，先開口叫了爸爸。」她發來一個捂臉的表情。

半年前，伊然找我給寶寶做袖珍相框。那時寶寶剛兩個月，伊然說：「寶寶的每個月，都要有一個相框，總共十二個。」

寶寶一月和二月的照片，我琢磨了很久。她睡了，微微地笑，那樣的甜美與寧靜，足以讓媽媽一輩子陶醉。看著伊然拍的照片，我遲遲不能動手。

試做了好幾遍，一開始，它只是相框。我慢慢調整，一遍遍打磨，擔心些許的粗糙會打擾天使微笑。

終於，寶寶的相框停在手上，小小的，輕輕的，靜靜的，我開始體會到媽媽的感受：捧在手裡怕化了。

相框放在盒子裡，墊著柔軟棉絮。寄出前，我放在花園拍照，陽光

透過葉縫灑落，一株野花探出綠葉，像給寶寶打了把小傘。

「寶寶真是有神奇的力量！」我忍不住感歎。

「是的，只要寶寶笑一下，煩惱一掃而光。」伊然說。

「我有個乾女兒，是閨密的小孩。以前我不明白她怎麼能這麼慣著小孩，現在自己生孩子了，才能理解當媽媽的感受，真是含在嘴裡怕化了！」

九月，伊然給我發來新照片，寶寶抱著小熊，笑得好歡；另一張，嘴角還掛著晶晶亮的口水。

我一直忙碌。伊然等著等著，寶寶的相片，攢了好幾個月。

「之後還有時間幫我做到孩子一歲嗎？」看到我的微花店放長假，她有一點兒擔心。

我回覆她，不用擔心，會幫你的。

伊然是微花店的老顧客。之前有一段時間，我在微博上玩微花店，每月一期，她幾乎每期都來。有一回正逢七夕，我用細銅絲做了星星花插，插在迷你盆栽裡作裝飾，伊然挑中一盆，花盆邊沿掛了一圈綠釉。我想起來，之前她請我設計微花園角落，配色正是綠與白。

「他喜歡綠色呢。」

「他知道我喜歡養多肉，特地買了帶兩個陽台的房子。」伊然談起男友，止不住的甜蜜。

「戀愛時，發現他也很喜歡多肉，我送他一盆『羅密歐』，他養得很好。我想搭一套微花園，結婚時送給他當驚喜。

「我還特意製作了告白貼，到時候跟花園組套一起放在窗台給他驚喜。」

十月，我從東京參展回廈門，收到伊然寄來的喜糖，我和莫愁一起分享了她的喜悅。

甜蜜的日子慢慢地流逝，一眨眼，寶寶八個月了。

我問伊然，「寶寶先叫爸爸，她爸一定樂壞了吧？」

「都愛死她了，她爸爸特別喜歡女孩，我生的時候還說，不是女孩怎辦啊？」

我看著新發來的照片，寶寶站在爸爸腿上，爸爸伸出大手扶著她。父女倆還挺像，爸爸的側臉看起來也有一點兒嬰兒肥。

「她現在睡醒後睜眼的幾秒鐘是雙眼皮，跟爸爸一模一樣！

「只有下巴像我。」

我仔細看照片，「寶寶的小手真可愛，手背還有小窩。」

伊然很得意，「我倆手一樣，都有窩。」

她發來照片，大手挨小手，果然都帶著小窩，連指節褶皺都一模一樣。我有一點兒恍惚，大手看著好像寶寶的，至於小手嘛⋯⋯難道是袖珍？

左圖的微花園角落為真實物件的343分之一

男 孩 高 高 躍 起

「那個相框，我想送一個朋友，他和你的相框好配。」

她發來一張男孩的照片，在海邊的甲板上，他高高躍起。

「是你喜歡的人嗎？」

「算是吧，他笑起來特別好看。」

她又傳來幾張照片，男孩的笑容，猶如春日朝陽。

我問她：「怎麼能跳那麼高呢？」

「不是我拍的，但是他在哪兒都能跳那麼高，我也很迷惑。」

「不是修的圖？」

「不是，他自己蹦的，可能是因為長得比較矮，所以跳得高。」

我一邊籌備微花店，一邊為女孩做了袖珍木相框。不知不覺，做了四個。做完了，意猶未盡，想像著女孩和男孩一起去看海，做了第五個。

早上到高處拍照，眺望間，突然找到了感覺。相框裡的男孩，在藍天白雲間，即便極小，看起來依然高大，飛揚舒展。他在女孩心中，也一定是這樣的吧！

　　想起了那天女孩告訴我的祕密：偷偷告訴你，他還不到一米六八，
我一米七四。

　　青春真美好。

難 得 有 男 生 拜 託 我

今年七夕，為一對小情侶設計的花園角落剛好完成。

這次用了七分之一的比例。

找了沙比利木做長凳，是為了搭配相框。相框裡放進電影《歌劇魅影》劇照。訂製作品的男生叫大成，他說女孩最喜歡《歌劇魅影》。

長凳上放了兩只袖珍高腳杯。想在酒杯裡倒入紅酒，家裡正好沒有。去了最近的超市，只找到一瓶紅色維生素飲料，其實並不像酒，顏色清淺許多。我用針筒往酒杯裡滴注，想起和大成的對話。

「你們平時喜歡喝什麼呢？」

「珍珠奶茶、冬瓜茶。」

「兩個人都一樣嗎？」

「平時她喜歡喝什麼，我就跟著喝兩口。」

「真好。」

「哈哈，我很隨意的。」

女孩叫Vicky，剛滿二十歲，一週後將飛往紐約留學。這件作品是大成送給她的二十歲生日禮物。因為要帶出國，要方便攜帶，我挺煩

本篇作品為真實物件的343分之一。

惱，推翻了原來的設計。

難得有男生拜託我製作，我很是高興，和大成在微信上聊了半天。大成也很踴躍，問了我幾次：「有什麼可以讓我動手參與的嗎？」

我問他：「你們倆的學校相隔遠嗎？」

「隔著一條街吧。」

「那太好了，你們真幸運。」

「哈哈哈的確是。」

大成發來幾張Vicky喜歡的電影海報，除了《歌劇魅影》，還有《霸王別姬》、《火炬木小組》、《CSI》，另外還有張圖，看起來像綜藝節目《非誠勿擾》的海報。

「我們平時週末在宿舍就喜歡看《非誠勿擾》，你要是覺得太蠢了就別放了，哈哈哈。」

早上拜託助手在我和大成聊天的內容裡確認Vicky的字母拼寫。助手翻了一遍聊天內容，突然爆笑，「你讓大成挑選布的花色，他挑了八種，你一種都沒用！」

很 高 興 你 們 這 麼 幸 福

　　遠在加拿大的女孩,想和我聊聊風燈。約個兩人都方便的時間很不容易,時差真難把握。

　　終於有一天,她晚上加班完畢,說:「等我吃個飯。」

　　我說:「正好我也要吃飯。」

　　她吃完晚飯,我吃完午飯,我們定下了這個風燈的構思。她要送給朋友的結婚禮物,一定要獨一無二。那可是從小一起玩到大的朋友。

她給朋友的賀卡上寫道：
「很高興你們這麼幸福。這
份遲來的禮物，是我拜託西
樹做了好久的。」

　　確實做了好久，我很少參
加婚禮，也還不知道結婚的
滋味，於是想了又想。

　　這對新人在日本拍的照
片，自然淡雅，在一個叫做
「幸福」的車站，兩人坐在
木椅上，淺淺地笑。感覺是
牽著手慢慢走了很久，相視
一笑說，「這裡真好，我們
休息一會兒。」

　　加拿大的女孩很遺憾沒有
辦法回國參加婚禮，和朋友
約定：「夏天我們一起出去
玩吧！」

就 像 一 個 真 正 的 媽 媽

「兩件公主裙是豬妹的，陶瓷娃可以穿。

「小盒子裡是豬妹的襪子、鞋子。塑膠鞋貌似會染色，豬妹穿的時候記得穿襪子。不穿的話，拍完照記得脫掉鞋子。

「大盒那件紫毛衣是陶瓷娃的，豬妹也能穿。

「陶瓷娃的鞋子襪子髮夾都很小，小心再小心，不然一不留神就不知哪兒去了……

「寄了三個小氣球，豬妹和陶瓷娃拍照都能用，有一個鐵絲我已經繞好，另外兩個鐵絲放裡面了，找一找，別丟了……

「對了，忘了說，有一個盒子裡放了幾對豬妹的手組。」

……

我有一點兒眩暈。她千叮嚀萬囑咐，感覺像孩子們要來我這度假了。

甜甜是微博上認識的朋友，以前在廈門開始玩微花店，她是最早的顧客之一。一年前，她問我，能否幫她的豬妹娃娃釘個窩。她說不急，因為豬娃要過五個月才到。

「西叔你不會忘記我的娃屋了吧？」

甜甜從此成了小鬧鐘，經常在微信上提醒我。

「你把我的娃屋忘光了。」

「要是能教你自己動手就好了。」我回覆她，「或者，找時間讓豬妹過來玩吧，我看看她的大小適不適合微花園的比例。」

甜甜把豬妹和陶瓷娃一塊寄給了我。娃娃還在路上，她的叮囑先到了。

拆開包裹，層層疊疊的保護，大大小小的盒子，裡面一堆迷你衣服鞋襪，還有各種包包、髮夾、衣掛、氣球……我和助手面面相覷，腦子裡一團糨糊。

飛來的豬妹，一個閉著眼睛，抿著嘴微微笑；另一個，圓睜雙眼，微仰著臉，一副好奇模樣。陪著一起來的，是個陶瓷小姑娘，身高和馬克杯差不多，皮膚微黑，看起來很健康。

　　助手說：「豬妹會不會太熱？大熱天的穿著毛衣。」

　　我們找出她的公主裙，小心翼翼、笨手笨腳地比劃著換上了。我拍了張照片向豬媽彙報：孩子們安全到了。

　　甜甜很開心，「看來豬妹和陶瓷娃這次旅行很歡樂呀！」

　　我沒有照顧過娃，一開始真不知道如何下手。不過甜甜小朋友看起來很有經驗。

　　「她們兩個都可以自己站起來的，你找好角度多試幾次。」

　　「陶瓷娃穿上靴子，就能自己站著啦。」

「豬妹也是的，要穿上鞋子就很好站。多試幾次。」她的聲音裡透著鼓勵，就像一個真正的媽媽。

我告訴她，天氣好的時候我讓豬妹們到微花園裡玩。

「陶瓷娃的頭髮特別容易毛燥，手指蘸點兒水，摸摸就順了。」

我說：「明白啦，不清楚的會跟豬媽問的。」

傍晚，我在樹下布置了一角微花園，豬妹坐在花園凳上，閉著眼睛，享受夕陽與微風。她的身邊，放著小小木提籃，裡面盛著新剪的多肉。我準備等有空跟豬妹一起種。

「豬妹和陶瓷娃玩得如何了？我買了新衣服，等她們回來穿。」

豬媽很快開始想她的孩子了。她發來圖片，圖裡的娃娃穿著白色蕾絲邊長裙，戴著老式罩帽和眼罩。

我回了照片，兩個豬妹坐在我試做的古典花園椅上。

她開心起來，「其實我覺得她倆都像小男孩，哈哈哈。」

我答應她，十號前送豬妹們回家。

七夕到了，新的花園角落終於完成。這是大成為女友訂製的生日禮物。兩個幸運的年輕人即將一同飛往紐約留學。

我很高興，送豬妹們回家之前，終於可以好好招待她們了。

我發了照片給豬媽，「給她們過節呢，待會兒帶她們去湖邊吹吹風。」豬妹坐在木牆前，一副愜意模樣，木凳上擺著兩杯紅酒。另一個豬妹，手裡拉著兔子氣球，仰著頭，像在看樹上小鳥。陶瓷娃也來到了花園裡，她在木牆邊靜靜張望。

小魚兒悄悄地過來了，牠趴在花園旁，湊近看豬妹。我有點兒緊張。

豬妹的微花園角落為真實物件的343分之一

　　就在前一天，我讓小魚兒當模特兒，牠乖乖趴在一旁待命。輪到牠上場，我輕摸了牠一下，小魚兒立刻使出洪荒之力，「咚」地一聲巨響，一頭撞在了微花園木牆上。

　　助手憋不住一聲長歎：「唉！──」

　　我安慰他：「沒事沒事，幸好豬妹不在花園裡。」

奶 奶 和 姥 姥 最 辛 苦

　　宜家風燈裡的第六個設計，是送給周歲寶寶的小屋，紀念她咿咿呀呀的第一年。爸爸媽媽太愛她了，恨不得把全世界都給她，風燈小屋只是其中微小的禮物。

　　我請寶寶媽媽發照片，她幾次道歉：「真對不起，又拖延了。」照顧寶寶很忙，有時候寶寶生病了，全家忙得團團轉。

　　那樣的場面，應該也是溫暖的，儘管想起來總是慌亂。有時候，紙巾一張張忙不迭地抽出，爸爸遞給媽媽，擦這個擦那個，隨手一揉，往地上一丟，來不及清理，全家沒有一隻手有空。

　　風燈小屋裡，我也放了紙巾，從紙巾盒抽出半截，旁邊是隨手揉過的一團，地上掉了一張，那是爸爸抽紙巾時飄落的。

本篇作品為真實物件的1728分之一。

後來，媽媽發了一張寶寶坐在社區地上玩耍的照片，身邊真有一張皺巴巴的紙巾。我還看到寶寶褲子上的黑貓圖案，媽媽說，垚垚已經能指著它們說「貓貓」了。

　　寶寶和小動物真是天生的好朋友。風燈小屋裡有紅耳朵藍色大象布偶、紅色小麋鹿剪紙、黃色米老鼠地墊、穿紅衣服的絨毛兔子……我做了兩隻貓咪抱枕，牆邊一隻是紅色的，戴著金黃蝴蝶結；嬰兒床上那隻是淺淺的粉，身上有兩三朵小花。我想像著貓咪走過春天，身上開出繽紛花朵──我也做了小小紅木馬，馬背上加一塊柔軟雪白的墊子，寶寶可以「坐」在上面輕輕搖。

　　想起小時候看《騎鵝歷險記》，就讓兩隻鳥在床上方飛過。也許，寶寶的爸爸會鼓起腮幫吹氣，讓鳥兒盤旋，哄寶寶破涕為笑。

　　嬰兒床必須粉嫩圓潤，我做了四個才覺得滿意，不能把寶寶硌痛了。我需要更多顏色哄寶寶開心。從東京帶回的彩色圓點包裝紙，紅橙黃綠藍紫，是最好的壁紙。置物架一層薄荷綠，一層檸檬黃，一層松石藍，最下面的兩層，就用淺玫紅吧。最好，置物架的弧線也要帶一點兒小公主感覺，和弧頂小窗戶呼應。

　　房間裡有一張賀卡，裡面有爸爸媽媽寫給寶寶的話：「寶寶，歡迎你來到這個世界和我們家……」

　　我想把一張寶寶的照片掛到牆上，媽媽想，用什麼照片好呢？後來她說，等過幾天寶寶的奶奶和姥姥來了，讓她們抱著寶寶拍，她們最辛苦。

　　我記得和她討論過寶寶的衣服，她說：「我會給她買一些漂亮點的衣服，不過奶奶親手做的棉襖我們也會給她穿，因為是奶奶親手一針

一線縫的，我們傳給你的照片裡就有一張。雖然都說女兒富養，可我覺得應該讓她什麼日子都能過得從容，順的時候不要瞧不起別人，要樂善好施，逆的時候不要迷茫，不要嫉妒。」

　　這個充滿愛心溫暖的家庭，陪我度過兵荒馬亂的日子。那段時間我在搬家，諸事不順，圍著寶寶團團轉的一家，總給我寧靜的想像。我揣著這種心情製作風燈小屋，有時候

以為自己是寶寶，看著房間內的世界；有時候以為自己是爸爸媽媽，商量著用什麼裝扮房間。爸爸問：「寶寶會喜歡這個嗎？」媽媽說：「會吧。」

作品完成的時候，我用手機拍一段影片，意外錄下一段孩子的聲音，那是隔了十八層的樓下孩子在草地上嬉鬧。寶寶媽媽看到我發布的微博，留言說：「我和老公看了作品都好感動，立馬去親了寶寶一下。」

「垚垚非常喜歡小木馬，雖然已經看過照片，但是看到實物還是驚呆了。」作品寄到，寶寶媽媽的回饋立刻就到了，「姥姥和奶奶看到自己的照片高興壞了，奶奶戴著眼鏡看了好久。總之家裡每個人從旁邊經過一次就停下來看一下。」

莫愁守護風燈裡的嬰兒房。

小 朋 友 都 喜 歡 在 地 上 玩

　　淼淼快四歲了，她的媽媽想送她一個風燈小屋當生日禮物。

　　我有一點猶豫。以前的作品，即便是風燈小屋，也都舊舊的，給四歲小女孩，顯然不合適。

　　媽媽說，淼淼偏愛粉紅色，因為《冰雪奇緣》，粉藍色也很喜歡，她覺得自己是《冰雪奇緣》裡的艾莎。好吧，我決定試著「粉」一回。

　　四歲小女孩喜歡玩什麼呢？我想起侄女小時候。

　　小朋友都喜歡在地板上玩，我把柔軟的嬰兒布料剪成雲朵形狀，放在小屋地板上。積木色彩要鮮豔，黃橙藍紫，和彩色蠟筆隨意丟在地墊上。我比劃小女孩的身高，測算著，在粉藍木牆上安裝了一排粉紅擱架。我尋思，小朋友玩一會兒積木，爬起身來，跑到擱架邊抓一塊媽媽烤的香草餅乾，咬一口，隨手放下來，又玩別的東西去了。擱架上，留下她咬了一口的餅乾和撒落的碎屑。

本篇作品為真實物件的1728分之一。

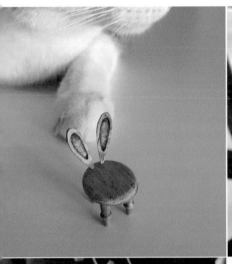

　　小朋友的水杯，我做了極小一
只，畫上橙色花朵，花芯是黃色
的。如果喝了愛麗絲的縮小藥，這
杯子對小朋友可能還是略大了一點
點。不過，媽媽也許會覺得小手更
萌了。

　　我把彩色蠟筆削得尖尖的，一邊
想著小侄女，一邊在大拇指頭那麼
小的紙上畫畫，下筆歪歪的，沒有
章法，只管色彩明亮。這樣畫畫很
好玩，我和小助手高興起來，一人

畫了好幾張。小助手說：「你的比較小朋友，用你的吧。」

我在擱架上放可愛的小動物玩偶。挨著杯子和餅乾，是眉眼彎彎的粉兔子，還有睜圓眼睛的小黑貓。地上的兔子，有淺粉的，有深粉的，還有隻絨毛兔穿著藍衣服。小助手正在練習捏黏土，他試著做了個「大白」，懷抱一顆紅心。

怎麼讓森森變成艾莎呢？我和助手說，我們來變一些雪花吧。大大小小的雪花，用不同的紙刻出來，黏在風燈玻璃上，點亮燈，真的成了冰雪小屋。我用胡桃木雕了把兔子椅，墩墩地放在小屋裡。就當作森森的魔法椅吧，她站在椅子上，魔法棒一揮，雪花滿屋飛舞。這個想法令我很開心。

把兔子椅放在陽台上拍照。天空映照在玻璃桌面上，兔子椅好像

踩在雲朵上。小魚兒過來了，我拎起「兔子耳朵」，放在小魚兒身前，牠的小綿爪比椅子還大。

我忍不住在微博發圖「劇透」——用胡桃木雕的兔子椅，它的主人將是一位屬兔的四歲小女孩。

有人在下面評論：「我四歲欸，明天我生日。」

一對小情侶在評論裡呢喃——

女孩說：「好想要呀!!!我也好想學木工。」

男孩回她：「嗯啊，有點難唷。」

女孩：「農民的兒子你又知道？」

男孩說：「我爺爺的叔叔的姪子是木工。」

姑娘立馬回了一句：「那是你大舅。」

你 是 笑 得 最 歡 樂 的 那 位 嗎

每次逛宜家看到那張粉紅椅子，我總想起莫愁的弟弟小黃黃。

四年前，我也做過類似的粉紅椅子，椅面跟大拇指指甲差不多大。那天下著雨，露台上濕漉漉的，小黃黃和姊姊們都待在屋子裡。超風在最高的擱架上蜷成一團，莫愁睡在裝碎料的木盒裡。小黃黃趴在工作台上，憂傷地看著我做的小椅子，忽然就睡著了。

小椅子是辦公椅，不過它的體積只有真實椅子的八千分之一。我答

應了朋友Linda，要在洗衣精瓶子裡做一個辦公室。Linda在北京的公關公司工作。她說客戶很喜歡我的作品。一開始，我要去香港參展，沒有時間，推掉了。她很有耐心，等了一個多月。

Linda寄來好幾瓶洗衣精，足有八公斤。我畫了設計圖，把其中一個瓶子洗乾淨，挖出計算好的窗框，以及正面展示部分。我告訴Linda，要做的辦公室，不會太「辦公室」，它可能更像女生期望的理想辦公室角落。Linda說，太好了，我們就是希望這樣。Linda和她的客戶只提了一個要求，希望辦公室能盡量「薰衣草」一些，因為這款洗衣精是薰衣草香味的。

很奇妙，印象最深的辦公室是我離開最久的。我依稀記得女同事們總在桌下藏一雙拖鞋，桌前貼著便利貼，抽屜裡常變出各種好吃的。有天中午，大家吃完飯回到辦公室，膚色白膩的女經理喊著太熱，說空調是不是壞了。我正埋頭整理資料，忽聽到經理問我：「我脫掉外套，小林你不介意吧？」當時我還很年輕，頭也不抬地回答：「沒關係，反正我也不看你。」辦公室裡突然安靜下來，我感覺好像哪裡不對勁，轉頭看了看身邊同事，大家都在低頭偷笑。

我問Linda，你們辦公室好玩嗎？有什麼好吃的？你們會在辦公桌下藏一雙拖鞋嗎？Linda在辦公室走了一圈，發來一堆照片，有茶葉罐、便利貼、枇杷糖、雜誌、筆記型電腦、小玩偶、盆栽、明信片、白板筆、照片、茶杯……她拍得很認真，光茶葉罐就有五種。

「拖鞋一般夏天才有。」

「那些雜誌是你們平時看的嗎？拍幾本給我吧，記得封面封底都用垂直角度拍，書背也拍一下。」我看到了桌面上幾本《現代廣告》和《悅己》。我告訴她，打算製作一些袖珍便利貼和照片放在辦公室裡。

Linda說：「我來拍一些同事的照片吧。」

她拍了同組的七位同事，我問她：「哪個是你呢，笑得最歡樂的那位嗎？」

「哈哈，不是的，那姑娘聽說要把照片放在袖珍辦公室裡，她可開心了！」Linda說。

「哈，這個男生跟我以前好像。」照片裡的女生們全都面對鏡頭，笑容綻放，有開心，有溫柔，也有明媚。例外的是個黑衣服男生，他像我當年一樣，面無表情，頭也沒抬，忙著敲鍵盤。

跟Linda聊著聊著，三週過去了，袖珍辦公室也大體完成。小小的角落裡，桌面、椅子、文件櫃、馬克杯、拖鞋、地墊……都是深淺不一的薰衣草色，牆上掛著普羅旺斯風景小畫框，水壺、紙簍和椅子上的小靠墊都繪著薰衣草圖案。靠近窗戶的文件櫃上放了一盆薰衣草，它只有手指頭大小。

想起Linda說北京空氣很糟，我打算在窗台上種一盆多肉，不過，辦公室比例實在太小了，我擔心用真多肉活不了多久，於是用黏土做了一盆，連盆帶植物，只有黃豆粒大小。

洗衣精瓶子的把手部分在辦公室裡成了個壁爐似的空間，我琢磨著，做了個放文件和雜物的四格收納木架。木架邊，放了個薰衣草圖案的方形靠枕，我想姑娘們中午打盹或許用得著。

　　五月，在露台上為瓶中辦公室拍照，三隻貓咪輪番過來視察，超風和莫愁在小窗戶外朝裡張望，在鏡頭中秒變「貓斯拉」。我很欣慰，兩個小妞半歲以後就光吃不胖，幸好有袖珍，牠們在這個世界裡可以隨時變巨貓。小黃黃對洗衣精殘留的香氣很敏感，趴在邊上嗅了又嗅。

　　在微博分享照片，好友二木說：「別告訴我『玉綴』是真的，不科學！」

　　我很高興。二木是多肉高手，那盆豆粒大的黏土多肉，真是參考「玉綴」製作的，他看出來了。

　　Linda也很高興，她告訴我，整個辦公室的同事們都在辨認袖珍告示板上的照片裡有沒自己。我說：「應該是那個除男生之外的女同事吧？幸好我把你給我的照片全都縮小用上了。」

　　秋天裡，我到北京參展，順便幫Linda把袖珍辦公室也布置起來。Linda說，太小了，她收到後一直不敢碰，在櫃子裡放了好久。我把辦公室裡的東西一件件取出來，自己也驚訝，怎麼都這麼小？

　　我一邊布置，一邊想起來，櫃子邊的棉麻拎包，幾個暗紅字母，

好像是精靈語「森林」。 我仔細看告示板，上面的獎狀是Linda的。我記得拍照那天，小黃黃幾乎要把整個腦袋伸到辦公室裡。可惜，我光顧著看，沒拍下來。那是小黃黃最後一次當我的模特兒，一個月後，牠像往常一樣外出遊玩，但再也沒有回來。鄰家小朋友很傷心，哭了好幾次。「金貝（小黃黃的大名）去找女朋友了，牠不要回來了。」

　　Linda帶我去了胡同裡的四合院吃火鍋。這裡的服務員全是阿姨，她們走過身邊，不忘細語叮囑：「慢慢吃，不著急，吃完了阿姨再給你拿。」阿姨們說話，句尾總帶著個輕聲的「啊」，秋夜裡聽起來，讓人安心極了。

多 倫 多 的 伊 莎 貝 拉

　　我在樹下布置伊莎貝拉的微花園，陽光燦爛，小魚兒趴在一旁。草地上冒出一簇淺紫小花，和微花園正搭。

　　檸檬黃木牆，紫色花瓶，小兔子柵欄是藍色的，屋頂刷成紅色。

　　沒試過這麼歡樂的顏色，感覺花園裡隨時會飛出一群黃蝴蝶。

　　小魚兒趴在花園前看了半天，突然起身，從柵欄邊一溜煙跑進了桂花叢中。我正拍照，小魚兒回來了，叼著一隻倒楣的小青蛙！

　　「小胖魚，不要咬青蛙！你玩花園裡那隻吧。」我拈起微花園裡的「青蛙」，在小魚兒面前晃動。小魚兒沒理我，顛啊顛地跑遠了。

　　以前在廈門，鄰家小朋友最愛黃色，他常問我，「為什麼不做黃色的房子呀？」有時候，他給我描繪藍圖：黃色的牆，藍色的門，屋頂就用紅色好了。好可惜，這會兒他不在。

　　微花園布置好了，我滿心喜悅，轉頭招呼助手，「你看這花園的感覺，像不像伊莎貝拉？」

本篇作品為真實物件的1728分之一。

　　伊莎貝拉住在多倫多，她的聲音清脆明亮，生氣勃勃。第一次通話，隔著時差，多倫多已經夜裡十點多，不過，她的聲音讓我覺得還是早晨，綠枝上掛著露水，松鼠和兔子們在花園裡跳躍穿梭。

　　伊莎貝拉想在壁爐上布置微花園。她的壁爐貼著石頭，房間四壁是穩重的木板貼面，她說，感覺不夠明亮溫暖。她想讓房間亮起來。

　　我問她：「要用不怕水的材料嗎？那樣的話，可以把微花園布置在花園某個角落，跟小朋友一起玩。」

　　她說：「不能放在花園裡，小動物太多了，兔子、松鼠、浣熊……會被咬壞的。」

　　「多倫多的空氣應該很好吧？」我開始設計伊莎貝拉的花園。

　　她傳來照片，一樹繁花，後面是藍天白雲。

　　「有壁爐的房間，有空也給我看看照片吧，比如那個通往花園的玻璃門。」

　　微花園的製作，我玩得很開心。有朋友來訪，我請他替我刷牆。

　　「這樣就可以了嗎？我刷的真的可以嗎？」他惴惴不安。

　　我說：「大膽刷！」

　　一不小心，我把花園裡的木櫃刷成了玫紅，想搭配的花器與雜貨忽

然之間全暗淡了。我趕緊剎車，重新做了木櫃，漆成白色。朋友笑呵呵地問：「不是要大膽嗎？」

伊莎貝拉的聲音和花園裡的兔子不斷在我腦中跳來跳去，微花園裡，小動物陸續增加，兔子、青蛙、聖誕帽小熊……差一點，櫃子上就多了一隻桃紅鸚鳥。

「可以加上家人照片嗎？有沒有什麼適合的地方寫上或者刻上我們的名字呢？」

我問她：「小朋友多大了？」

「我女兒十六了。」

我愣了一下，趕快點開照片。果然，已經和伊莎貝拉一樣高了，我一直以為是寶寶。

伊莎貝拉發來偷笑表情。「嘿嘿，網路傳輸聲音失真。」

我很欣慰，我的確實它是一場夢。我在老巷子周圍撒了許多洛葉，那是夢的邊緣。

第六章

本跨頁圖作品《老巷舊夢》為真實物件的8000分之一。

欣於所遇，暫得於己

彷彿龍身上掉下的一片鱗

　　每到一個城市，我總喜歡去看殘存的老街。早春二月，我出門散心，走了好幾個城市。到上海前，我問好友孝飛：「現在還看得到你以前跟我說過的老房子嗎？」孝飛說：「可能很難，我們試試看吧。」

　　那天一早，孝飛到靜安寺接我。他一身黑色運動服，腳蹬一雙藍色運動鞋，看起來很精神。「今天我們要走很多路，你的鞋子沒問題吧？」他從大背包裡取出一台相機遞給我，「多帶了一台給你用，待會兒試試。」

　　我們邊走邊聊天，「我小時候的房子，大部分是棚戶區，不是石庫門。」他隨手指著路邊的屋頂，「老虎窗是必備的。」

　　等地鐵時，他雙手比劃著，向我解釋：「窗在這裡，光從這裡照進來，床鋪就在那裡。」孝飛的眉毛又黑又濃，他說起小時候，眼裡閃著光，腰桿挺得筆直。那一瞬間，我似乎看見朝陽從高高的窗口斜射進來，照亮他的臉龐。一路上，他說起很多小時候的故事，弄堂、木梯子、水槽、擁擠的房間、帶鏡子的櫃子……我一路恍惚，像穿越到二十多年前的上海。

　　我們找到一小片拆遷中的老房子，孝飛說，這跟小時候的弄堂有點像，不過這些是石庫門房子，大部分人是住不起的。那時他很羨慕這些房子進門有個小院，可以養貓養狗。這裡的人家都搬走了，留下不要的凌亂雜物。

　　我停下來拍照，水槽、花盆、搬不走的舊家具、掛在牆上的拖把，一點一滴，都帶著往日氣息。我想起來，《老巷舊夢》裡也有水槽，不過，這裡的水龍頭大多比我做的要新。

　　我聽到滴水的聲音，細看還真有個水龍頭在滴著水，它跟我作品裡的老式水龍頭一模一樣。孝飛伸手一擰，水嘩嘩地流了出來。

　　穿過遇到的每一條弄堂，我都會停下來拍照，孝飛總是自動幫我確

認，「對，這就是我們小時候常見的椅子。」「那個凳子也是的，一模一樣。」「以前屋子裡的布置，跟剛才那間很接近。」我很欣喜，他小時候的竹椅和凳子，我的《老巷舊夢》裡也有。

　　「一模一樣」了幾次之後，終於遇到了跟他小時候很接近的屋子。

　　那是很短很窄的弄堂，只剩下十來戶人家。我們拍了些照片，逼仄
的巷子裡，擠著不同人家的水槽和水龍頭，還有水泥台、塑膠盆、壞
掉的舊椅子……屋前擠滿各家的自行車和摩托車。孝飛說：「我已經
很滿足了，沒想到今天還能看到這些。」

　　中午，他帶我進了一家很小的店，「這跟我小時候吃的麵一樣。

那時我中午經常吃麵，一個月都吃不膩。」我們吃著麵條，突然冒出一隻狗來，低頭吃著老闆娘倒在食盆裡的餛飩。孝飛轉頭問老闆娘：「我可以把剩下的骨頭給牠吃嗎？」

　　我來過上海很多次，從來沒人這樣帶著我尋找往日生活的痕跡。孝飛比我年輕得多，不過，說起往日，他也無比懷念。他的懷念像氤氳

的晨霧,不自覺把我帶進他
的童年記憶。那天我一直有
點恍惚,雖然這不是我從小
生長的城市,不過,我們一
起穿過弄堂,我也像走進了
自己的童年。

　我和孝飛成為好朋友,都
是因為《老巷舊夢》。

　前年秋天,我到上海參
展,孝飛在微博上跟我約了
好幾次,說希望能見一面。
那天,我們在《老巷舊夢》
前相見了。他很開心,見面
之前,他在那看了很久,
他說自己這會兒很有一種衝
動,想把小時候居住過的棚
戶區房子也做出來。

　《老巷舊夢》前後花了
半年多時間。動手前,我去
過成都和福建中部找靈感。
不過,最後的作品中,我抹
掉建築的地域風格,把它變
成了記憶與夢境般模糊的存

在。

　　我做的老屋瓦片，大小跟手指甲差不多，數量多得就像永遠都鋪不完。那陣子助手跟偶爾來訪的朋友都被抓來當鋪瓦工，助手說，他鋪得頭都暈了。有時候，莫愁和小魚兒過來湊熱鬧，我隨手拍下照片在微博分享。莫愁喜歡到處蹭，蹭牆、蹭瓦、蹭屋簷，朋友們看了心驚膽戰──貓要把屋子擠垮啦！小魚兒呢，倒是從來不蹭，牠以為我在跟牠躲貓貓，每次都隔著屋巷跟我相看兩不厭。

　　離上海展覽的日期剩下不到兩個月，《老巷舊夢》才只完成了三分之一。我和助手每天起早摸黑砌牆鋪瓦，忙得一塌糊塗。

　　有天晚上，助手在鋪瓦，小魚兒從門縫朝裡張望，我順手拍了幾張

照片在微博分享。第二天，老爸打來電話：「你昨天發的第五張圖，瓦片那樣鋪不是會漏雨嗎？」我仔細一看，哭笑不得。我剛鋪了第一道瓦，上面那層還沒鋪呢，老爸這監工也當得太稱職了。

　　最後一個月，終於有時間製作袖珍植物。半壁爬牆虎，光是黏樹葉就花了好幾天。我想像著日光斜照，把做好的葉子黏上枝蔓，用鑷子和指尖小心調整，讓每一片葉子都朝向太陽生長。做植物真是累極

了，愈到繁茂處愈需要屏息凝神，有時感覺就像一場漫長的潛水。

　　孝飛在上海見到的《老巷舊夢》是它第一次展出的樣子，其實還沒真正完成，巷子裡空蕩蕩的，好些預想的細節來不及製作。出發去上海前，我把白膠裝在郵票大小的封口袋裡，在飛機上，用牙籤蘸著膠，黏合剪好的袖珍吊蘭葉子。那次入住的酒店有獨立客廳，正式布展前，我把客廳變成臨時工作室，一點一點製作小磚墩和盆栽。晚上，我和助手在梅隴鎮廣場通宵布展。天亮了，我抓起落葉拋撒，長吁一口氣——終於完成了！這真是半年來最暢快的時刻。

我邀請朋友喵喵來看展，她在公眾號裡寫了很長的文章。她說，看到《老巷舊夢》，整個人都沉了進去。「那種感覺很奇特，既熟悉又遙遠，好像午夜夢迴。」

　　我很欣慰，我的確當它是一場夢。我在老巷子周圍撒了許多落葉，那是夢的邊緣。這些落葉來自不同城市，上海、成都、廈門、天津、廣州、濟南、北京……

　　在成都展覽，遇到好多微博上的朋友。一位年輕媽媽帶著小女兒和先生來看展，我們在現場相遇，聊得很開心。幾天後，她在微博上對我說：「我住過的那些粉牆黛瓦的舊屋，比起這貴族的院落樸素太多。沒有拱形的高牆，連窗戶也無，屋頂有那麼一小塊亮瓦片，陽光從這唯一的洞裡直愣愣刺破屋裡長久的黑暗，是我對這世界最初的印象。不那麼窘迫的人家，能多蓋幾片亮瓦。燒盡的蜂窩煤，當尿罐用的中藥罐子，生活的細節埋在每一個晨昏。」我點開圖片，是她那天拍的《老巷舊夢》，每一張照片，都是生活的晨與昏。

　　我想起來，我也看過成都的老房子。印象最深的，是一處民國舊宅，它的鄰居們早已消失，周圍全是高樓。它掛著一塊「成都市優秀近現代建築」的牌子，孤零零地站在那裡，彷彿龍身上掉下的一片鱗。

央視《手藝》第七季——細刻神工。

唐 朝 少 年

是謬誤的「謬」，不是繆思的「繆」——阿謬導演經常糾正。

他的微信頭像是個外國男子的黑白圖片，我問他，是卡繆嗎？他說是德國詩人保羅·策蘭。圖片裡，策蘭右手夾著菸靠在桌上，轉過臉對著鏡頭，眼睛圓睜，眉毛彎彎，說不上是什麼表情。我查了一下，策蘭父母死於納粹集中營，他活下來了，寫詩，五十歲的時候自殺。

很沉重。但我一直覺得阿謬是一個熱情的天真少年，去年三月他第一次給我打電話，我就這麼覺得。我還聽出他讀過不少書。果然，他到我家拍攝，看到我的書架，說：「我家也有一整面牆的書，搬家特別累。」

那一次，阿謬為優酷拍攝《生活家匠心之旅》，他向製片方推薦了我。在我的作品中，他特別關心《寮房》。他說：「《寮房》的細節，經得住湊近了慢慢拍攝。」我給他看《寮房》裡的袖珍筆洗，上面有好不容易燒製出的極細冰裂紋。阿謬打開手機手電筒仔細照，忍不住驚歎。他說要是能拍下來就太好了。但試了很多次，攝影機都辦不到。

「拍紀錄片很難。」阿謬說，有時候為了拍自己感興趣的主題，得

接一些商業片，否則就沒經費。他也常在微信上和我說他的紀錄片，很巧，他正在拍的廈門沙坡尾，我曾在那裡生活過七年。那一帶曾是漁民的避風塢和碼頭，阿謬斷斷續續拍了好幾年，想趕在沙坡尾被徹底改造前為廈門最後的漁人碼頭留下影像紀錄。他從我家離開的時候，本想直奔廈門的，「後來沒和你說，臨時改道回北京了，那幾日

廈門暴雨，無法拍攝漁民出海，改到五月中旬左右了。」

終於他出了沙坡尾的預告片，「然後在策劃一個關於詩歌的紀錄片。」不久他又說，很遺憾，因為資金的原因……

阿謬說話有種微微上揚的語調，「我們現在正在剪輯嘛……可能……如果……然後……」我喜歡他說話的腔調，永遠是清朗的少年。

阿謬似乎也喜歡貓，他反覆拜託要拍我的貓，不過莫愁就是不願意。等了好久，最後能用的只有一個鏡頭：莫愁驚慌溜走。

阿謬兩次到我家拍攝，都比我預想的時間提前。我匆忙起床，來不及洗臉，阿謬說：「沒事，你的鏡頭不太多，主持人的鏡頭多。」主持人是陳正飛，他和我一起湊近作品聊天，我才發現他的五官無比精緻，真是非常帥的主持人。片子出來了，我才知道，阿謬最後用了很多我的鏡頭。

最後一餐他們叫了外賣，我記得當時太陽偏西卻還在山頂上方，他們剛拍攝完，已經錯過了吃飯時間，大家收拾完家當圍坐在我家門口，大口大口扒飯，討論著是不是來得及趕飛機。我請他們進來，他們滿嘴飯菜，一邊大嚼一邊說：「不用不用，真的不用。」

五月初，我去北京參加優酷的媒體發表會，阿謬說：「他們好像沒有邀請導演。」不過，他很開心地告訴我，他拍我的這集，片方指定要調到第一集播放。「我們聚一聚吧，我請你吃飯。」阿謬從北京另一端跑過來，帶著我從酒店走到附近的餐廳。五月的北京很美，到處盛開薔薇與玫瑰。我們走過河堤，夕陽下，野花在風裡蕩漾，淺紫的、粉紅的、鮮黃的，熱鬧極了，正如《長安之春》裡所描繪的，

「是繁花掩埋在塵埃中那樣的熱鬧」。

阿謬應該年過三十了，但我總覺得他還是少年。我記得第一次相見，他很隨意地把長髮往腦後一紮，嘴邊稍微有些短鬚。所謂的瀟灑疏放，大概就是這樣吧？

阿謬學的是歷史，他說，他拍過漢代和唐代的紀錄片。我很羨慕，他在敦煌和五台山都待過，我特別嚮往的唐代佛光寺，他也去過。

在北京坐地鐵，牡丹園、芍藥居、蓮花橋、石榴莊、木樨地……每次看到站名跟花有關，我總忍不住想起《長安之春》。漢與唐，那是多麼讓人嚮往的年代。

那次北京聚餐，阿謬帶我從酒店走到餐廳，又從餐廳送我回到酒店，他揮手告別，轉身就走。我叫住他，隔著挺遠對他說：「我希望你一直……我覺得你像唐朝少年。」

我記不太清楚我當時說了什麼，好像是「率真」，又或者是「天真」，但我確定，我說了「唐朝少年」。

《西樹的袖珍世界》

心 齋 橋 之 雪

　　去大阪參展前，香港好友告訴我，NUNU就在大阪，已經約好了到時去拜訪。

　　NUNU是日本頂尖袖珍高手，真名叫田中智。以前只在網路上看過他的作品，這次終於能親眼看到了，我十分期待。

　　田中的作品很美，細節和質感都無可挑剔。通常，男性和女性創作者風格明顯不同，我能一眼分辨。不過，田中的作品讓人猜不出他是男的還是女的。有一次，我和好友李瀟討論，李瀟說：「是女的吧，要不怎麼能把食物做得那麼好。」我說：「這麼嚴謹，不像女的。」

　　田中很低調，從不自拍，照片裡偶爾看到手和作品一起入鏡，也難以判斷，他的手指細長柔和，男性或女性，都有可能。

　　「你知道嗎？NUNU原來是個帥哥！」幾年前，一位新加坡朋友很激動地發來消息。

　　「我一直還以為NUNU跟我們一樣是女生。」她說。

　　我有點兒尷尬，「抱歉，我也是男的。」

　　田中住在心齋橋一帶。那天出了地鐵，天空突然飄起雪來，行人紛紛停下腳步，伸手去迎接突如其來的雪花。五分鐘後，雪停了，太陽

重新冒出來，那一場雪就像沒有出現過一樣。

　　大阪是我很喜歡的城市，心齋橋一帶我去了好多次。在橋邊，在斑馬線上，我都看到過極美的夕陽與晚霞。

　　田中的工作室在外觀很樸素的大樓裡，空間不大，我們十來個人走進去，立刻擁擠起來。他一身黑外套，長髮披肩，蓄著鬍子，非常有藝術範兒。他請了兩位學生來幫忙接待，兩位女士分別在台北和上海居住過，都會說漢語。我們和他打過招呼，開始參觀玻璃櫃裡的作品。

　　以前，在照片上看到他用黏土製作袖珍食物，比例特別精準，與器皿搭配起來毫無破綻，這次親眼所見，的確令人歎服。其實，袖珍創作者中，擅長黏土食物的基本上都是女性，但他製作的歐式食物卻幾乎超越了所有女性。好友李瀟說：「每次看到，都覺得好有食欲啊。」

　　田中的作品主題都跟食物有關，或是歐式小角落，或是餐桌上的小組套。他的新作是一間歐式餐廳，帶著小小花園角落。我看到他用黏土製作的袖珍杯子蛋糕上有一朵「奶油擠花」，細到只有半粒米大小，然而紋路清晰如常。

　　我和同去的香港朋友是第一次見到田中，大家對他都很好奇，我們的策展人卡門問他：「您是怎麼學習袖珍的呢？」他從擱架上取下一疊書，放在工作台上，說了幾句話，學生替他翻譯，「老師說，他只是看這些書。」大家都聚攏過去，圍住那幾本書。

　　卡門翻了翻書，「這些都不是教製作的書啊。」我突然發現，這不是我逛書店時買的日本園藝書嗎？書裡有很多日本人創造的小型花

袖珍紅玫瑰，為真實物件的1728分之一。

園。他的學生繼續替他翻譯，「我就是參考這些書，這是我所嚮往的生活。」她笑吟吟地補充，「老師的作品，全部都是無中生有，他自己想辦法創造出來的。」

李來有老師問：「您的作品出售嗎？我的朋友很喜歡，託我問一下。」田中回答說，他的作品只在網路上拍賣。我想起來，好幾年前在雅虎日拍上見過，一組袖珍下午茶，起拍四百日元，一週後跳到了二十多萬日元。

我問：「記得您用黏土製作過一枝快凋謝的玫瑰，不知道是否保存在工作室這裡呢？」我打開微博，給他們看我製作的袖珍紅玫瑰。田中有些驚訝，說了一句日語，他的學生替他翻譯，「老師問，你是怎麼學習的呢？」我回答他，「我就是自己想辦法試著做。」

田中笑了起來，他看起來很開心。他的學生繼續翻譯，「老師說：『你和我一樣，我們都沒有老師。』」

真 想 在 南 方 城 市 住 十 年

「西樹，我真想開個花店啊。」荻花說。

說著說著，四年就過去了。有一天，當她再次說起的時候，我突然想，我開家花店吧！

於是有了「西樹微花店」。

微花店真的是花店，所有的花都是真實的，有生長有枯榮。它大概是世界上最小的花店，小到有些不真實。所以，我開始手忙腳亂起來了，手忙腳亂地回答微博上各種問題。

「多肉怎麼種的啊？怎麼這麼小，會長大嗎？」

「西樹西樹，你的微花店開在哪兒，可以到店裡買嗎？」

我劈里啪啦敲著鍵盤：「花店開在一個花盆裡，要喝愛麗絲的縮小藥水才能走進去啊。在微博圖裡挑吧，私信告訴我喜歡哪些，我先看看賣掉了沒有。」

微花店很好玩，這真得感謝荻花給我的靈感。

荻花是在部落格上認識的朋友。二〇〇九年六月，她剛認識我不久，就和先生一起飛來廈門。荻花拎了一箱新鮮櫻桃給我，說是前一天跟家人在大連的櫻桃園裡摘的。

本篇作品為袖珍與園藝結合而成的微花園，所有物件都是真實材料，為真實物件的343分之一。

　　我和荻花成了很好的朋友。每隔一段時間就會通個電話，聊得最多的，始終是她的花店。荻花喜歡上山快走，走到半途，突然發來訊息：「今天路上的月季開得太漂亮啦！」

　　有了微信後，她每次出去旅行都會拍照給我看。「這是冬櫻花，美吧！」我照例回覆她：「花店開起來！」

　　荻花回大連以後，把自己能找到的香草都種了個遍，還學會了烘焙各種點心。有次收到她寄來的包裹，一堆植物當中，藏了個包裝嚴實的五仁月餅。

　　「西樹，我看著還有空間，就塞了個自己做的月餅給你，嚐嚐看吧。」

以前我總嫌月餅太膩，但荻花的月餅真是好吃極了。

兩年後的春天，荻花路過廈門，我們再次相聚，彼此都好開心。荻花看著我改造後的露台，很是感慨，「西樹，我們要是在同一座城市就好了，我就能幫你打點這些花草了。我常跟二寶他爸說，將來我要退休了，真想在南方城市住十年，好好種種花。」

前年秋天，我到北京參加微景展，荻花正好到北京學習攝影課，我們約好時間，一起逛了雍和宮跟五道營。聊起我們的幾次見面，剛巧都是相隔兩年。

「再過兩年我就能輕鬆一點兒了，到時再好好準備開個小店。」

「荻花，你現在的準備已經非常充分，只差時間了。其實你要是不找店面的話，現在就能開。你完全可以在陽台上開呀，用網路配合一下就行了。」我突發奇想，「不如我先開一間吧，我沒太多時間，也不可能去租店面。就在露台上開吧，每個月開一次。」

兩個月之後，第一期「西樹微花店」開張了。我把露台上種葡萄的大花盆當成了一個小院子，防腐木花架、圓木凳、紅磚、鐵桌、多肉盆栽、花鏟、花盆⋯⋯陸續布置妥當。仔細打磨了一片酒杯口大小的原木片，加上銅線，做成花店招牌。木片用超細樹枝拼貼出「西樹」兩字，樹枝上，我小心地讓它「生」出數片黃豆大小的紅葉。摘幾顆天門冬結的小紅果，放入桌上小瓷籃。新燒的迷你水缽，缽口一圈不均勻綠玉釉色，注入清水，正好用來養小浮萍。

我買了一束黃鶯，這是花市裡最不起眼的小花，通常只做配草。摘下很小的幾枝，插在新燒製的彩陶花器裡，它瞬間變成耀眼的主角。

我燒了個比拇指略小的紅釉綠口膽瓶，想留給荻花。另一個小花

器，口沿釉色有翡翠紋理，插上黃鶯後明亮又溫暖。一位上海姑娘跟我商量：「那黃色小花太漂亮了，我買這花器你可以把小花也送給我嗎？」

為了增加一點明亮色彩，我在微花店裡放了一隻黏土小黃鴨。小黃鴨只有手指頭大小，是大黃鴨的超級迷你版。那是幾年前參加香港青衣城微型藝術展時，李嘉蓮老師贈送的禮物。李老師的小黃鴨很受歡迎，經常有人問：「小黃鴨還有嗎？好萌啊！」我很抱歉，「那是好友送的禮物，不能賣。」

拍照時，三隻貓都來湊熱鬧。小魚兒兩爪趴在花盆邊上仔細看每個角落，還躺在花盆邊守了半天。莫愁跳上花盆，凝視花架上的迷你多肉盆栽。超風對著招牌上的

「西樹」兩個字看了好久。

我琢磨著，花店布置起來了，得真的賣東西才算真花店。要不，就在微博上跟朋友們一起玩吧。

我把微花店的照片發上微博，貓咪們在花店的照片放在最後。微博裡大家的評論證明了貓咪作為模特兒真是功不可沒：「這喵簡直像踏入花園的『哥吉拉』！」「最後一張，進擊的巨貓！」「好擔心，牠會不會來一爪啊？」「愛護花草，貓貓有責。」「莫愁真的很聽話了，換我家茱莉，什麼都不剩了。」

有朋友發現了超風、莫愁名字的來歷，「小魚兒、梅超風、李莫愁，這仨萌物誰的武功高一些？」我大樂，終於有人發現了喵星人的

身世祕密。

　　小魚兒最壯，真打誰也不是牠的對手。不過牠總是不屑和兩小妞動手。地面上超風打不過莫愁，但飛簷走壁和抓小鳥牠最強。莫愁最斯文，但虛張聲勢，總能唬住小魚兒，趁小魚兒發愣的時候，猛地給牠一爪。

　　第一期微花店發布後，朋友看到我忙著回各種微博私信，就勸我開

個淘寶店。「這樣大家才知道價格，購買也方便。還有微博上也要置頂宣傳，這樣人家才知道你在賣東西。」

我說：「這樣跟大家一起玩不是挺好嗎？」

朋友丟下一句話：「還真頑固，你這樣怎麼賣東西嘛。」

一天後，除了捨不得出售的微盆栽，店裡的花盆、花器、花鑼、花凳全都賣光了，連擺放盆栽和花盆的架子都被買走了。遲來的朋友在微博留言：「鬱悶！什麼時候賣的啊，就賣完了？」

十一月底，葡萄樹下的微花店又開了一次。這次我特意多做了兩個花架，另外還嘗試著燒了兩件花器。高腳陶盤的釉色模擬碧水，叫「春波碧」，天青色花器因為有瑕疵，重新修補燒製後瓶身上多了藍色雨滴，我給它起名「雨絕雲」。

廈門的十一月舒服極了，露台上藍星花、天使花、日日春開得正好，拍照時鏡頭裡一片淺紫輕藍。

懶 得 拘 謹

軒來廈門，是在二〇一〇年聖誕前一天。我在機場等她，使勁回憶部落格裡她的後腦杓，在人群中尋找眼熟的髮型。那天我們彼此找了很久，最後面對面打著手機相認。

軒語調低柔，說話帶點兒娃娃音，遇到讓她驚奇的事物，必定發出一聲嬌柔的感歎：「呀！」她常常說：「我不是那個什麼嗎？所以就……」我表示抗議，「那個什麼到底是什麼啊？」軒說：「你不是知道我懶嗎？我說話就是那樣，反正你能聽懂就行啦。」

初次見面稍有點兒拘謹，但她沒過多久就懶得拘謹了。

我帶她逛鼓浪嶼，平安夜人真是多。軒說自己容易緊張，怕人多，怕和陌生人打交道。那天碼頭和鼓浪嶼擠滿了人，都上島過平安夜，我只能盡量護著她慢慢走。

本篇第一張圖為《聽海的假期》，其他皆為《冬之旅》，都是真實物件的1728分之一。

我送她回住處，幽靜的白鶴路上，沿路都是老房子，燈光與樹影淡淡鋪了一地。

我問她：「《聽海的假期》後來送給你朋友了嗎？」

「那個啊，我都不好意思說。後來那個好朋友來我家，我把它藏起來啦。幸好沒有跟他說過要送給他，我怎麼捨得啊？」

「不是要送給你男朋友的嗎？怎麼還會捨不得？」

「不是男朋友啊，他不在大連。是一個很照顧我的大哥，下次再送別的給他好了。這個作品我太喜歡了，要自己留著。」

　　《聽海的假期》是軒拜託我訂製的作品。她很喜歡希臘，和她聊過天以後，我做了一個想像中她和朋友在希臘度假的小小場景。

　　軒聊起了她的男朋友，以及她父母的離異。男友對她很貼心，雖然是異地戀，不過相處融洽。只是她對婚姻有些恐懼，不能輕易答應男友求婚。

　　軒說：「有點想出國。」

　　「你想出國做什麼呢？」

　　她歪著腦袋想了想，「待著，啥也不做。」

　　「不會吧，總有你想做的事。」

　　她笑了起來，「我覺得我現在簡直是退休的心了，啥都不想做。上班太膩了，朋友讓我開咖啡館我也不想弄，太累了。煮飯我倒是樂意，我手藝還行。」

　　我精神一振，「太好了，明天你來我工作室玩，給我當一回廚娘

吧。」

　第二天我和軒到菜市場買菜。她挑了馬鈴薯、番茄、豆腐、青菜和雞翅，還特意買了一瓶可樂。軒信心滿滿地在廚房裡大顯身手，我看著電視等她的可樂雞翅。看了沒多久，軒突然從抽油煙機轟鳴聲中探身問：「剛才電視裡說話的是誰？我覺得好嗲。」我愣了一下，好不容易才忍住沒有脫口而出——你說話不是更嗲嗎？！

　那天《21世紀報》記者催我要照片，我一直很不喜歡拍照。軒表現得無比勤勞。

　「我最喜歡做難為人的事了，今天太好玩了。」她拿著相機指揮我和我的作品擺出若干造型，自己不斷變換身體姿勢找角度。拍了將近半小時，我實在撐不住了，決定收工。軒很是不捨，「讓我再拍半小時吧，我肯定能拍出幾張特好的。」

　我跟同學去海灘，也帶上了軒，我們在木棧道上慢慢走，海風輕輕地吹。她說因為不想結婚，沒少被好友罵，說她浪費青春。我勸她放輕鬆些，「他對你那麼好，只要放鬆心情，慢慢你會接受兩個人一起生活的。」

　我們在附近公園散步聊天，看見兩三個滿頭白髮的老人躺在草地上晒太陽，身旁放著手杖。軒無限羨慕：「多幸福啊，我就想這樣躺著晒太陽。」

　我安慰她，「這你也可以，你現在就可以躺在那老太太身邊晒太陽。」

　軒回大連後，我們在網路上經常聯繫。她說我教她做的香草餅乾很好吃，送她的水仙也開得很好，薄荷卻死了。她的微博簽名一度寫著

「愛你時，一心一意」，我知道那是她說給自己聽的愛情宣言，因為她遠在上海的男友不用微博。她配齊了烘焙基本工具和材料，微博上的簽名也換成了「第一次的輕乳酪蛋糕」。我猜測她正努力學習，想讓所愛的人好好感動一把。軒在烹飪上有天分和自信，我想她會因為照顧忙得顧不上吃飯的愛人，變成烘焙高手。我期待著上海的「魔幻廚房」早日建成。

懷著期待，我完成了《冬之旅》，那是想像中她與他的另一次旅程，冬日裡的蜜月。旅途中的溫暖一角，有日光、薔薇與水仙。兩年之後，它也進行了兩次小小的旅程，去了春天裡的香港和冬季的台北。二〇一三年的跨年夜，我和朋友在酒店天台上看台北101絢爛煙火，它靜靜地待在美術館，等待一場開幕。

和軒的聯繫漸漸變少。偶爾，她會在微博上留言。她把《聽海的假期》仔細裝在箱子裡，拜託朋友開車，從大連運到了上海；她換了工作，去了另外一個城市。她邀請我有空去內蒙古玩，那裡是她的老家，春天野花遍地，冬天白雪皚皚。她說

那裡的野藍莓跟我露台上的爬牆虎果實有點兒像。

軒最終沒有答應男友求婚。但《聽海的假期》留在了他家，在箱子裡沉睡，等待未知的命運。

偶爾我會想起和鄰居小朋友聊過《聽海的假期》：

「小林叔叔，為什麼小房子裡還有菸頭啊？」

「有一個阿姨想跟她喜歡的男生去旅行，男生在看風景的時候，有時會喜歡抽根菸。」

「那這個男生是阿姨的男朋友嗎？」

「哈，這個我不知道，希望是吧。」

我很想知道，如果有一天，他打開了箱子，會不會猜得到，陽台裡有他抽的菸。

後記：

台北展後，《冬之旅》一直寄存在香港。今年三月優酷來我的工作室拍攝，我取回了這件作品。拍攝結束後，我整理工作室，突然在地上發現了作品裡的一只酒杯。很幸運，酒杯依然完好。

我很開心，在夕陽下拍了好幾張照。拍照時我意外發現，某一分鐘裡，當夕陽照著酒杯，綠色杯腳在桌上投下的，卻是暗紅色的影子。一分鐘之後，一切都復歸平常。

夕陽的魔法，讓我開心了好久。我琢磨著，光線從鄰居的窗反射進來，穿過我的窗戶……其實我想不通。

想不通也開心。

此 生 都 平 凡 ， 為 什 麼 不 深 愛

「那天帶福仔去看醫生，才發現原來是福女啊！」

李來有老師跟我一樣愛貓，她收養的小貓咪福仔不怕人，出門時就蹲在她肩頭，每次說起，我都羨慕得要命。來有說，一直以為福仔是男貓，帶去醫院打疫苗，才發現原來是女貓。

每回相聚，我和來有總愛談論貓。她的大貓叫小虎，長到十五、六斤，抱著好大一團。她說小虎現在脾氣變壞了，有朋友來家裡，小虎總不高興。來有搬家，另一隻貓不見了，找了半天沒找到，後來兒子要睡覺，才發現貓咪在枕套裡。

在北京布展，我第一次見到來有的作品《排檔》。有天下午，大家都出去玩了，我擔心作品的安全，獨自留在現場守護。那天夕陽很美，照著來有的《排檔》，那樣渾然天成的美，讓我久久不能移開目光。

來有說，《排檔》是在幾年間慢慢做出來的。有一次，朋友來看

望，她正在做金魚。過了一週，朋友又來看她，她還在做金魚。又過了段日子，朋友又來看她，她仍然在做金魚。朋友忍不住問她：「怎麼一直做金魚！」

其實我能理解。來有的《排檔》裡，市井生活的感受，親切質樸，一點一點地凝聚成形，密密排放的物件，瑣碎熟悉。一件件，翻檢人世。

此生都很平凡，為什麼不深愛呢？

策展人卡門曾跟我說過她第一次見到來有的情景。當時，來有是香港袖珍協會會長，卡門想找她商量辦展覽。那天來有從菜市場買菜回來，拎著大袋小袋，兩人在樓下相遇。不知道為什麼，卡門的描述，讓我想起武俠小說中隱藏在市井的絕世高手。

北京的展覽，場地從一樓換到了三樓。來有主動提出到現場指導作品搬遷。那天，我和來有一起工作到凌晨五點多。第二天下午，我們一起喝茶，我問來有休息得可好，她說：「日出真好看啊！」原來，她回到酒店，在窗前等著看日出，還高興地唱歌。那天是來有生日，我請她吃飯，買了一組可愛的小瓷貓送她。來有說：「我也帶了禮物

給你。」她轉身從包裡拿出多年前在英國買的袖珍花器和一只玻璃碗，突然「哎呀」了一聲，「這個玻璃碗裂了，我都沒發現。你要是不介意，也拿著吧。」

在貴陽展覽，策展人卡門的朋友請我們吃飯，苗族姑娘們用牛角杯敬酒，大家都喝了不少，來有很開心，顫巍巍地唱起〈我的祖國〉。我們和卡門一起去看黃果樹瀑布，在景區，當地百姓採摘野花編成花環賣，來有很喜歡。

「好靚啊！」她拿起幾串反覆比較花色，最後選中兩串，戴在頭上讓我幫她拍照。那天來有很高興，跟卡門說：「不管去哪裡展覽，非洲我都跟你去啊。」

我和來有在日本參展，一起逛過很多次街。在大阪，朋友帶我們去逛大型手工材料店，當時來有正好不在。我自告奮勇帶她去另一間，居然找到了。那天她買得很開心，說這裡的黏土比香港便宜很多。大阪最熱鬧的心齋橋我們也逛了好幾次，有一次逛到一家大型百元店，很多零食和生活用品都很便宜，她挑了不少，「這拖鞋品質很好，真是太便宜了！」我們也陪卡門逛服裝店，卡門試穿春花爛漫的薄風衣，我讓來有也試試，她連連搖頭，「這個太花了，我不敢穿。」回國前，來有送我一瓶醬油，「一點點心意，不要嫌棄啊。」

每一站展覽，我都仔細看來有的作品。《排檔》裡的水果和乾貨細膩傳神。來有說：「馬馬虎虎啦，我不喜歡做吃的，只做了這一次。」我很驚歎，逼真的袖珍食物我也見過一些，那些作者大都專門學過做黏土食物，經年累月，技藝漸深。但來有只做一次，生活帶給

她的技法，無招勝有招。

　　來有最擅長做的，其實是鞋子與花。香港袖珍作品中，有一件電影《歲月神偷》裡的「羅記鞋店」，裡面的鞋子都是來有製作的，每一雙，都帶著往日時光。一起參展的曾潤明老師告訴我，來有的袖珍皮鞋，十幾年前在英國展售，大受歡迎。

　　上海和成都展覽，來有多了兩件新作品，一件是帶著陽台小花園的典雅客廳，來有說那是她的夢想生活；另一件，是娃娃玩具店，店裡放了不少來有收集的迷你小蘿莉。我問來有這次怎麼做這麼可愛的主題，她哈哈大笑，「玩玩而已，玩玩而已。」我很高興來有又開始創作了，北京展時，她說前幾年家裡出了點事，很久沒碰袖珍了，「要

慢慢調整心情」。

　　展覽主辦方請我和來有為大家做示範，來有先示範製作袖珍綠蘿與玫瑰。她把染綠的紙對折，一刀剪過去，葉子和葉柄出來了，再用鑷子夾著理一理，葉子就活起來了，黏幾片在綠色鐵絲上，就變成了一小枝綠蘿。有觀眾看了以後回去試做，下一場又來看。「真是太難了！怎麼看您剪得那麼容易呢。」來有笑一笑，「慢慢做，慢慢做，不用著急，多試一試吧。」第二天，有微博上的朋友對我說：「西樹阿姨實在太有耐心了。」我有點錯愕，點開一看，原來是來有在現場，她站在大圓桌旁，穿著淺灰毛衣，正抬起雙手懸空剪一片葉子。

　　來有示範袖珍玫瑰，比她作品裡的放大不少。她鼓勵大家動手，圍觀的人都躍躍欲試。來有說：「先做這樣大一點的試一試，慢慢再做小的，相信你們也可以做到。」我想起她告訴過我，她曾經也開過課，手把手教學生，不過，學生們看著自己做好的花，都很受打擊，怎麼跟老師做出來的差這麼多？

　　我再次細看來有的花檔（注：香港用語，指小型花鋪。），玫瑰、劍蘭、康乃馨、洋桔梗、非洲菊、馬蹄蓮、菊花、鬱金香、牡丹花、豬籠草、散尾葵、綠蘿、吊蘭、常春藤、波士頓腎蕨、幸運草、觀音蓮……我沒有見過香港的花檔，卻感到那樣的熟悉和親切，不知道她是懷著怎樣的深愛才能無中生有。

　　我對來有說：「你太珍貴了，一定要好好保重身體。」

　　來有笑起來，擺一擺手：「我老了，做不出來啦。」

多 聽 聽 貓 打 呼 嚕 吧

「看到你給我回信，我才彷彿感覺到這個事情是真的啊。」微信裡的聲音很溫柔，她帶著笑意，慢慢地，盡量清晰地說話。

「我覺得好神奇哦，真的，因為出事之後，本來已經感覺不到什麼是虛擬什麼是真實，然後就看到微信裡有一個緣分很特殊的朋友，可以跟他聊這件事情……然後就，哎呀，不好意思，我現在可能精神有點兒錯亂。」

我靜靜地聽雷灰的聲音，似乎看見她微笑著，淚水悄悄滑落。那一刻，我想立即去汕頭看她。

雷灰是透過微博認識的朋友，住在廣州。那天，她躺在醫院裡，渾身不能動彈。她說，對車禍完全沒有記憶了，只知道是國慶日期間跟家人駕車去汕頭出了事。她的頸椎受傷，留在汕頭治療。

雷灰第一次找我，是為她的「小布」娃娃訂製袖珍畫框。她收集的日本布料，印著方格動物圖案，橙犀牛、綠鹿、藍豹子，風格像版畫。「小布」黑捲髮，有美人痣加小雀斑。還有一張照片上，多了個

金髮「小布」，兩個小妞頭上頂著一對提姆‧波頓式的小精靈眼睛。

「決定好了，綠鹿做四個，熊貓河馬松鼠各兩個，多出來的送給朋友。」凌晨一點鐘，她發來信息。

「夠晚的，快睡覺。」我順手回她。

那天，我寫一篇文章，想起了超風，很晚不能入睡。雷灰看到了我的文章，她說，希望「婦女」可以和她相伴一輩子。

「你的貓叫『婦女』？」

她的貓真的叫「婦女」，是隻英短，據說「長得很老氣」。「還有工作室的兩隻，也是我寶貝。白色那隻叫鼻鼻，黃色的因為比較憨厚就叫傻黃了。」

那陣子，她常在凌晨一點多發訊息，我照例在早上七點多回覆。我們像隔著時差一樣聊著自己的貓。

「哈哈，我已過完夜生活歸來。外面可愛的流浪貓太多，撿都撿不完。鼻鼻和傻黃實在太不怕人，沒辦法，必須撿回來。怕人的相對安全。」

我告訴她，小魚兒就是在湖邊撿回來的。莫愁和超風是鄰居家母貓生的，要被老先生扔掉，我給接手了。

「我們這種有一搭沒一搭的聊天好像在發郵件哦。不過節奏很舒服。」

「您是武俠控嗎？上次我就默默地笑了好久，小魚兒、莫愁、超風，武俠粉倒是取名不愁。」

雷灰曾經有自己的店，她喜歡柴燒器皿，四處淘回來。「傻黃和鼻鼻經常在玩的時候打碎花器……現在回想都心疼。」

她說開店讓她明白了自己真正的節奏，「一個空間對人的束縛很大，需要很強的契約精神。跟想像中的美好自在很不一樣。像你說的，我這種自由散漫的性格，最開始沒發現是這樣啦。」

　　雷灰給我看她為娃娃做的衣服，粉色棉麻水玉裙子，粉色橫條紋高領毛衣，娃娃的長髮也是粉色的。我想起來，她的阿里旺旺（注：中國的網路通訊軟體。）名字裡有「pink」（粉色），她的微信頭像是粉紅的漫畫女孩，微微垂著頭，皮膚和長髮都是粉色。

　　「哈，好久不見，我最近去學習了……」有一天，她給我看她的成果，一個手縫的迷你拎包。「本來是給小布用的，但現在覺得太大了。太難了，做迷你物品真的是……」

　　我告訴她，過兩天要試做她訂製的迷你畫框了。

　　「任何做法啊細節啊這些，您看著合適就好了，我只認人。」

　　我發了張小魚兒在微花園的照片，「你應該認貓。」

　　「我還覺得牠跟傻黃一樣來著，臉盲啊。」雷灰給我看傻黃的照片，的確和小魚兒很像，四腳朝天，還吐舌頭。

　　「小魚兒也很傻，叫牠上場，以為叫牠撞牆，幸好沒把花園撞壞。」

　　做好畫框，我在樹下拍照，小魚兒過來湊熱鬧，仰頭盯著綠鹿畫框。

　　我問雷灰：「你最喜歡鹿嗎？我最喜歡松鼠，小魚兒跟你一樣。」

　　「小魚兒真乖！鹿的色彩變成綠色，最好看了。」

　　雷灰收到畫框，特別開心，「我也要給貓和畫框一起拍張照片。」

　　不久，我收到照片，是臥室一角。仔細一看，沒有貓也沒有畫框。

「今天突然覺得，畫框如果放我臥室很讚呢，如果它們能放大……」

她的房間，出乎意料地清簡，白窗簾，木地板，床頭邊一把吉他；超簡單的白色小几上坐著個紅衣服的布偶小姑娘，她說那是亞美，《嚕嚕米》裡的角色。

忙碌中，兩個月過去了，我以為雷灰在繼續學習。直到十月二十六日，收到她發來的語音。

「西樹，西樹大大——好久，好久沒有說話了。就是，呃，很神奇就是，我在那不久之後，運氣不好地經歷了一場巨大的車禍，好不容易才從鬼門關跑回來了一點點。然後剛剛打開手機，然後打開微信，然後默默地刷了一下，然後刷到了，刷到了——雖然說這種事也沒什麼好說的啦，但不知道為什麼，就是想說一下，可能太特別了吧這種經歷，然後想告訴你，等我康復了以後，一定要來廣州聚一下哦。」

這是我第一次聽到雷灰的聲音。

我很慶幸還能聽到她的聲音。車禍是國慶日期間發生的，她大概在醫院昏迷了很久。

雷灰不讓我去汕頭探望她，不過，我決定，不管她恢復得如何，春天裡，一定要找時間去汕頭看看她。

那晚，我對莫愁和小魚兒說，鼻鼻和傻黃的媽媽受傷了，你們也一起為她祈禱吧，小魚兒抬頭看著我，「喵」了一聲。

一個多月後，我發訊息問雷灰，「最近身體有進步吧？」

「謝謝掛念，八天前出院了呢，不過還需靜養一個月。」

我非常驚喜，叮囑她，多聽聽貓打呼嚕吧，說不定會恢復得更快一點兒。

雷灰說，現在也不去想太多，不如傻一點兒慢慢捱過去。

「很神奇哦，發現經歷過生死以後，只想未來好好吃飯。希望西樹你也每天好好吃飯。」

昨天問候雷灰，她告訴我，已經可以經常下地晃悠了，只是還要戴著頸托，跟個外星人似的……

我問她，「像不像伊莉莎白女王？」

「哈哈，還真像這麼回事。」雷灰發來一張伊莉莎白畫像。「有時候我經過鏡子一看，那叫一個氣宇軒昂！」

欣 於 所 遇 ， 暫 得 於 己

「來蘇州都不找我。」軒看到我的朋友圈，發來偷笑表情。我一直以為她在北方。

我們約在誠品書店見面，軒比我早到。走上台階，一眼看見她在書店門外遠遠地站著，披一件駝黃大衣，頭髮隨意紮了個馬尾。我向她走去，不知道為什麼，心裡突然微微一酸。

上次見面是在六年前，她從大連來廈門玩，我們聊了許多。她在我的工作室大顯身手，煮了美味的番茄燒馬鈴薯，以及可樂雞翅。

軒在昆山工作，她說，坐高鐵到蘇州，只要十一分鐘。

「怎麼會到這裡來工作呢？」我問她，「你不是在滿洲里嗎？」

「早就不在那裡啦，我的投資賠得一塌糊塗，琢磨著自己不是這塊料，就回家了。」

軒一邊隨手翻書，一邊笑。她穿的毛衣，我依稀記得。六年前相見，她穿著這件黑毛衣，笑得花枝亂顫。這會兒她看起來有些疲倦，眼角多了些細紋。

「我還去過太原呢，你不記得了？」我努力回憶，好像是聽她說過。

「我在上海也待過一陣子。」她說。我立刻想起來,她的前男友是在上海。不過,她沒有再說什麼,我也就沒有再問。

我記得七年前的春天,我為她訂製過《聽海的假期》。那是希臘風的袖珍場景,是想像中她與男友的旅行。

「我在威海也待過一年。」

「你還去威海了,聽說那裡環境很好啊。你怎麼不待在那裡?」好友二木在威海,常看見他發風景照,我對威海印象很好。

「我爸不是在那裡嘛。不過,我跟他後來娶的老婆溝通有點問題,後來她因為兒子結婚收禮金的事跟我爸也鬧了矛盾,我就離開了。」

我想起來在廈門相見那次,她告訴過我,小時候父母離婚了,她因此對婚姻抱有恐懼,不敢答應上海男友的求婚。

「那你怎麼會到這裡來呢?」

她又笑起來,「我是被逼的。在家待了一年多,她們天天給我安排相親,實在是受不了!正好我同學在昆山,就過來了。」

軒說,她小時候在阿姨的婆婆家住過,這一家人當她是自家孩子,特別賣力地為她找對象。

「我特佩服她們,那個小鎮人口不到一萬,居然還能不停地給我找到單身的。」

軒睜大了眼睛,很認真地跟我描述,我也忍不住笑起來。我們換了一個無人的角落,在書架邊繼續聊。

「你不能不去嗎?」

軒說,有時她不想去,阿姨不依不饒──「那你自己找一個!」過年回家,回來上班前,軒被安排相親兩次。第一位對象問她第二天能

否到她家見家人，她說家裡有客人不方便，對方改約她在外面吃飯，她也推辭了。我問她怎麼不多接觸一下，她又睜大了眼睛，「我不能啊，第二天還有一場相親呢。」

我問她工作如何，軒說最近才跟老闆吵了一架，差點兒就辭職了。「其實也不是因為老闆，主要是他的小老婆老找我麻煩。」

我們聊著聊著，書店快關門了，軒買了本《小顧聊繪畫》。我從包裡翻出一顆牛軋糖遞給她，是助手的妹妹做的，我很喜歡，出門時放在包裡一直沒捨得吃。

軒說：「好久沒做這些東西了，棉花糖配方的我做過，但麥芽糖配方的一直沒成功。」

六年前我教過她製作香草餅乾。一眨眼，我也好幾年沒有做烘焙了。

「以後有機會來這邊，要找我哦。今天時間短暫，下次要帶你吃好吃的，這個也是我的強項，發現美食。」我回到酒店一會兒，軒也到了家，她發來勝利的手勢。

旅行結束，我回到了工作室，想起軒的話。順手點開她的朋友圈，「買很多筆，寫很多字，能不能把悲傷寫到平淡……」她拍了一張自己臨摹的帖子——「雖趣舍萬殊，靜躁不同，當其欣於所遇，暫得於己，快然自足，不知老之將至……」

我給她留了言：「回工作室了，有空過來這裡玩吧。」

當世界被縮小，
呼吸都會
慢下來。

國家圖書館預行編目資料

小小小生活：袖珍，貓，致消逝的年代與記憶 /
西樹著. -- 初版. -- 臺北市：寶瓶文化, 2018.01
面；　公分. -- (Enjoy ; 60)
ISBN 978-986-406-108-2(平裝)

855   106022861

Enjoy 60

小小小生活—— 袖珍，貓，致消逝的年代與記憶

作者／西樹

發行人／張寶琴
社長兼總編輯／朱亞君
副總編輯／張純玲
資深編輯／丁慧瑋　編輯／林婕伃‧周美珊
美術主編／林慧雯
校對／林婕伃‧劉素芬‧陳佩伶
業務經理／李婉婷
企劃專員／林歆婕
財務主任／歐素琪　業務專員／林裕翔
出版者／寶瓶文化事業股份有限公司
地址／台北市110信義區基隆路一段180號8樓
電話／(02)27494988　傳真／(02)27495072
郵政劃撥／19446403　寶瓶文化事業股份有限公司
印刷廠／世和印製企業有限公司
總經銷／大和書報圖書股份有限公司　電話／(02)89902588
地址／新北市五股工業區五工五路2號　傳真／(02)22997900
E-mail／aquarius@udngroup.com
版權所有‧翻印必究
法律顧問／理律法律事務所陳長文律師、蔣大中律師
如有破損或裝訂錯誤，請寄回本公司更換
初版一刷日期／二〇一八年一月
初版二刷日期／二〇一八年一月八日
ISBN／978-986-406-108-2
定價／四二〇元
©西樹2017
本書中文繁體版由中信出版集團股份有限公司授權寶瓶文化事業股份有限公
司在港澳台地區獨家出版發行。
All rights reserved.
Printed in Taiwan.

愛書人卡

感謝您熱心的為我們填寫，
對您的意見，我們會認真的加以參考，
希望寶瓶文化推出的每一本書，都能得到您的肯定與永遠的支持。

系列：Enjoy 60　　**書名：小小小生活──袖珍，貓，致消逝的年代與記憶**

1. 姓名：_____　性別：□男　□女

2. 生日：_____年_____月_____日

3. 教育程度：□大學以上　□大學　□專科　□高中、高職　□高中職以下

4. 職業：_____

5. 聯絡地址：_____

　　聯絡電話：_____　　手機：_____

6. E-mail信箱：_____

　　　　　□同意　□不同意　　免費獲得寶瓶文化叢書訊息

7. 購買日期：_____年_____月_____日

8. 您得知本書的管道：□報紙／雜誌　□電視／電台　□親友介紹　□逛書店　□網路

　　□傳單／海報　□廣告　□其他

9. 您在哪裡買到本書：□書店，店名_____　　□劃撥　□現場活動　□贈書

　　□網路購書，網站名稱：_____　　□其他_____

10. 對本書的建議：（請填代號　1.滿意　2.尚可　3.再改進，請提供意見）

　　內容：_____

　　封面：_____

　　編排：_____

　　其他：_____

　　綜合意見：_____

11. 希望我們未來出版哪一類的書籍：_____

讓文字與書寫的聲音大鳴大放

寶瓶文化事業股份有限公司

（請沿此虛線剪下）

寶瓶文化事業股份有限公司　收

110台北市信義區基隆路一段180號8樓

8F,180 KEELUNG RD.,SEC.1,

TAIPEI.(110)TAIWAN R.O.C.

（請沿虛線對折後寄回，或傳真至02-27495072。謝謝）